Le secret de Belle

W0322543

LYNNE GRAHAM

Le secret de Belle

AZUR

HARLEQUIN

Collection : Azur

Titre original :
HIS CINDERELLA'S ONE-NIGHT HEIR

© 2019, Lynne Graham.
© 2020, HarperCollins France pour la traduction française.

Ce livre est publié avec l'autorisation de HARLEQUIN BOOKS S.A.

Tous droits réservés, y compris le droit de reproduction de tout ou partie de l'ouvrage, sous quelque forme que ce soit.
Toute représentation ou reproduction, par quelque procédé que ce soit, constituerait une contrefaçon sanctionnée par les articles 425 et suivants du Code pénal.

Si vous achetez ce livre privé de tout ou partie de sa couverture, nous vous signalons qu'il est en vente irrégulière. Il est considéré comme « invendu » et l'éditeur comme l'auteur n'ont reçu aucun paiement pour ce livre « détérioré ».

Cette œuvre est une œuvre de fiction. Les noms propres, les personnages, les lieux, les intrigues, sont soit le fruit de l'imagination de l'auteur, soit utilisés dans le cadre d'une œuvre de fiction. Toute ressemblance avec des personnes réelles, vivantes ou décédées, des entreprises, des événements ou des lieux, serait une pure coïncidence.

Le visuel de couverture est reproduit avec l'autorisation de :

HARLEQUIN BOOKS S.A.

Tous droits réservés.

HARPERCOLLINS FRANCE
83-85, boulevard Vincent-Auriol, 75646 PARIS CEDEX 13
Service Lectrices — Tél. : 01 45 82 47 47

www.harlequin.fr

ISBN 978-2-2804-3619-9 — ISSN 0993-4448

1.

Dante Lucarelli, le visage fouetté par le vent, fonçait sur une puissante moto. Sur cette route privée, le jeune milliardaire, qui avait fait fortune dans les énergies renouvelables, éprouvait une merveilleuse sensation de liberté. Quelques instants durant, il oublia enfin ses nombreux soucis. Mais cet agréable moment prit bientôt fin. En bon invité, Dante ralentit pour se laisser rattraper par Steve, son hôte.

— Tu m'as laissé l'emporter, dit celui-ci en grommelant tandis qu'ils garaient leurs motos. Gagner dans ces conditions, ce n'est pas drôle.

— Je n'ai pas voulu t'humilier devant tout le monde, répondit Dante en souriant à son vieux camarade de classe. D'ailleurs, les deux motos t'appartiennent… Mais si j'ai bien compris, voilà ta dernière expérience en date.

Au-delà des pins, il désigna un restaurant cerné d'une terrasse de bois qui dominait un lac et sa plage de sable. C'était visiblement un lieu branché, au décor insolite et légèrement exotique.

— Un peu au ras des pâquerettes, non, pour un type qui passe sa vie à construire des gratte-ciel ?

— Arrête ! En saison, quand il fait beau, il marche du feu de Dieu, répondit Steve, un blond baraqué façon joueur de rugby.

— Ce qui te permet d'employer tous les gens du coin dont tu te soucies, fit Dante qui connaissait bien le sens civique de Steve, un type bien et une des rares personnes à qui il faisait confiance.

Quelques années auparavant, Steve avait acheté un château dans cette zone rurale du sud-est de la France, à l'écart des circuits touristiques, pour y passer l'été en famille. Une famille bien trop nombreuse au goût de Dante, qui tremblait rien que d'y penser : deux paires de jumeaux de moins de cinq ans qui s'étaient jetés sur lui dès son arrivée. L'idée de s'éloigner un peu du château ne lui avait donc pas déplu. Il n'avait rien contre les enfants mais manquait simplement d'habitude, et résister à ceux de Steve était aussi illusoire que de contrer un ouragan de bras, de jambes et de bouches bavardes.

— Pas du tout, répondit l'heureux père. J'investis quand l'occasion se présente, surtout s'il s'agit d'une bonne cause. L'emploi est une denrée rare, dans la région.

En s'asseyant à la table taillée dans un énorme tronc, Dante remarqua un groupe de jeunes agglutinés autour du bar d'où s'échappaient des flots de musique tonitruante.

— Je suppose qu'il n'y a pas d'autre endroit pour faire la fête, dans les environs.

— C'est vrai, et en plus la nourriture est délicieuse, alors quand les gens viennent à la plage, nous bénéficions également d'une clientèle familiale. Mais dis-moi, quand dois-tu rencontrer Eddie Shriner ?

Dante se raidit en entendant son ami évoquer précisément le problème qui le taraudait.

— Dans deux semaines, et je n'ai toujours pas trouvé la femme qui tiendrait Krystal à distance.

— Je croyais que Liliana avait accepté de jouer ce rôle, remarqua Steve, étonné.

— C'est tombé à l'eau. En fait, Liliana aurait voulu que je lui offre une vraie bague de fiançailles en guise de dédommagement, dit Dante en fronçant les sourcils. Mais, même pour des fiançailles bidon, je n'avais aucune envie de prendre le risque.

— Une bague de fiançailles ? Pourquoi aurait-elle

besoin d'une vraie bague pour faire croire à Krystal que vous êtes ensemble ?

— Elle en faisait une question d'amour-propre, répondit Dante en haussant les épaules, c'était la condition pour ne pas perdre la face devant Krystal. À l'en croire, sans cette bague, il était invraisemblable qu'elle se soit réconciliée avec moi alors que ça fait des années que nous avons rompu.

— Ah, les femmes et toi... Quel roman ! dit Steve en passant la main dans son épaisse chevelure blonde. Si tu ne les quittais pas les unes après les autres en pleine crise de rage et d'amertume, tu ne serais pas dans cette situation.

Dante haussa les épaules en signe de désaccord. Il n'avait aucune intention de se marier ni d'avoir des enfants ; il n'y avait pas de place pour l'amour dans sa vie. Les femmes qui voyaient les choses autrement comprenaient rapidement leur erreur. Il ne voulait s'attacher à personne – cela ne s'était jamais produit et ne se produirait jamais. Liliana avait été la seule exception à cette règle. Cette ex était devenue une amie, il la respectait et avait réellement de l'affection pour elle, mais jamais il ne l'avait véritablement aimée d'amour, jamais il n'avait envisagé une relation plus sérieuse avec elle.

Le simple fait de lui faire confiance avait d'ailleurs constitué une sorte de gageure pour lui : surprendre sa mère au lit avec un ami très proche de son père avait dramatiquement modifié sa vision des femmes. Sa mère, si snob, si pointilleuse, toujours prête à stigmatiser les erreurs des autres et si prompte à leur tourner le dos... Il avait fini par comprendre que ses parents couchaient tous les deux à droite et à gauche et, en constatant son indifférence vis-à-vis de Liliana il avait lui-même pris conscience de la froideur de son propre cœur. Sans doute avait-il hérité ce trait de ses parents, tous deux incapables d'aimer, songea-t-il avec amertume.

Sa seule véritable expérience de l'amour avait été son attachement profond pour son frère aîné, Cristiano. À la mort de celui-ci, un an plus tôt, il s'était senti anéanti, écrasé de culpabilité. S'il s'était montré moins égoïste, peut-être aurait-il pu le sauver. Mais Cristiano, incapable de s'affirmer, avait tragiquement mis fin à ses jours. Leurs parents avaient fait peser des exigences et une pression intolérables sur leur fils aîné et héritier, et, en cherchant désespérément à leur plaire, il s'était détruit, accablé par le poids des contraintes qu'ils lui imposaient.

— Pourquoi n'embauches-tu pas une escort pour jouer le rôle de ta petite amie, demanda discrètement Steve, quelqu'un de ce genre, que tu paierais.

— Ça me semble risqué et même dangereux, répondit Dante, les yeux rivés sur une jeune femme qui, un plateau à la main, se tenait près du bar.

Masse cuivrée de boucles brillantes, ses cheveux roux, couleur de flamme, étaient retenus sur sa nuque par une barrette. Elle avait la peau de porcelaine des vraies rousses et des jambes et une poitrine dignes d'une déesse. Mais avec sa courte jupe à fleurs, son haut assorti et ses bottes de cow-boy, son allure était beaucoup trop excentrique à son goût. Pas son style, définitivement.

— C'est Belle. Hé ! reviens sur terre ! dit Steve, railleur, en s'apercevant que son ami était complètement ailleurs.

Non sans difficulté, Dante s'arracha à la contemplation des courbes fascinantes de la serveuse et se tourna vers son interlocuteur.

— C'est Belle, dit de nouveau Steve, une lueur amusée dans le regard.

— Qu'est-ce qu'une bombe comme elle vient faire dans un endroit pareil ? demanda Dante en se tortillant sur son siège.

Pourvu que personne ne remarque l'effet trop évident de ce qu'il ressentait au creux du ventre.

— Sans doute attend-elle qu'un type dans ton genre vienne frapper à la porte, fit Steve, moqueur. En fait, elle essaie de mettre assez d'argent de côté pour rentrer au Royaume-Uni et se remettre en selle là-bas. Tu pourrais l'aider en la ramenant gentiment à Londres avec toi.

— C'est pour ça que tu m'as amené ici ? Mais moi, qu'est-ce que j'aurais à y gagner ?

Il releva ses lunettes de soleil pour mieux observer le visage ovale de la jeune femme qui, après inspection, se révéla couvert de taches de rousseur. Soulagé de constater que tant de perfection comportait quand même un petit défaut, il se demanda de quelle couleur étaient ses yeux. De grands yeux. Presque trop grands ?

— Rien, tu as raison. Mais je me dis à l'instant que vous pourriez peut-être vous rendre mutuellement service. Pourquoi n'engagerais-tu pas Belle ? Elle est dans un pétrin... En plus, figure-toi qu'il y a un chien dans le tableau. Tu aimes les chiens, non ? Par ailleurs, c'est vraiment une fille très sympa, même si elle n'est pas du tout ton genre. Toute l'équipe du bar a passé l'été à se demander quel type décrocherait le pompon.

— Charmant, dit Dante d'un air dégoûté. De toute façon, je ne m'intéresse pas aux filles *sympas*.

— Personne ne te demande de t'intéresser à elle, répondit Steve, mais toi tu as besoin d'une pseudo-petite amie, et elle a besoin d'argent. J'ai proposé de lui en prêter, mais elle a son amour-propre, et elle est honnête. Elle a refusé sous prétexte qu'elle ne voyait pas comment elle pourrait me le rendre.

— Donc, elle continue à être serveuse. Fin de l'épisode, répondit Dante d'un air sarcastique. Et moi, je ne fréquente pas les serveuses.

— Je ne l'avais jamais remarqué mais tu es trop snob, répondit Steve, surpris. Évidemment, je connais ton histoire, le sang bleu, le *palazzo* familial, le titre et tout le reste, que tu as d'ailleurs toujours prétendu mépriser.

— Je ne vois pas comment une serveuse pourrait s'en sortir dans le monde que je fréquente.

— Elle ferait ce pour quoi tu la paies, contrairement à la plupart des femmes titrées que nous connaissons, toi et moi. Mais je ne suis pas certain qu'elle serait d'accord : j'ai entendu dire qu'elle avait son petit caractère.

Dante ne répondit pas, il venait de croiser le regard de la fameuse Belle qui s'approchait de leur table. Elle avait effectivement de grands yeux étincelants, d'un bleu foncé assez rare qui tirait sur le violet et ressortait agréablement sur sa peau claire et constellée de taches de rousseur.

Durant sa pause, Belle avait observé les deux hommes qui arrivaient du parking. Tout le monde connaissait Steve, le propriétaire du restaurant, un Anglais affable et sans prétention malgré sa fortune et ses succès professionnels. Il dirigeait une agence d'architectes avec des filiales dans le monde entier. Il avait quatre enfants, dont il était très fier, et une épouse espagnole qui était une vraie beauté, mais l'inconnu qui l'accompagnait paraissait très différent.

Très grand, mince mais puissamment bâti, il se mouvait avec la précision d'un homme très à l'aise dans son corps. Sa luxuriante chevelure noire emmêlée par le vent frôlait ses larges épaules et mettait en valeur des traits un peu durs mais magnifiquement ciselés. Dans son jean et sa chemise à col ouvert, il avait l'allure d'une panthère noire en liberté, magnifique et terriblement dangereuse.

Autour du bar, les femmes se tordaient le cou pour l'observer et Belle, en reprenant son service, avait entendu le barman, lecteur assidu de la presse people, identifier l'étranger comme Dante Lucarelli, un milliardaire italien qui avait fait fortune dans les énergies renouvelables.

En se dirigeant vers la table que Dante, donc, occupait avec Steve, elle le vit l'observer derrière ses longs cils sombres – un vrai gâchis sur un mâle – et croisa ses yeux d'un noir vibrant, pailleté d'or. Elle s'immobilisa une seconde, une terrifiante seconde, le corps brûlant, comme frappée par la foudre.

Décontenancée, elle se remit en marche en rougissant et prit la commande avant de retourner à la hâte vers le bar. Elle n'aurait jamais dû le regarder. Un type superbe et qui le savait. Évidemment. Personne ne pouvait regarder chaque matin un visage pareil dans la glace sans se dire qu'il était parfait. Et même s'il ne se regardait pas trop dans les miroirs, toutes les femmes devaient le considérer avec intérêt. Il ne pouvait pas ignorer qu'il attirait immanquablement leurs regards.

Belle, rouge comme une tomate, se détestait de ne rien y pouvoir. Cela l'embarrassait tout autant à vingt-deux ans que dans son enfance, quand elle était l'objet de blagues stupides. Au collège, petite, rousse, avec une multitude de taches de rousseur et une poitrine rebondie, elle avait toujours fait partie des élèves les moins populaires.

Belle s'empourpra de la tête aux pieds, ce qui amusa beaucoup Dante. Quand pour la dernière fois avait-il vu une femme rougir ? Loin de lui l'idée d'associer le rougissement avec une quelconque timidité ou innocence… Au contraire, pour lui c'était plutôt un signe d'attirance sexuelle. À seize ans, en pleine rébellion après avoir surpris la liaison adultère de sa mère, il avait perdu son pucelage avec une amie de celle-ci. Depuis, il avait l'habitude d'être regardé et désiré par les femmes. Aujourd'hui, à vingt-huit ans, il était convaincu que neuf femmes sur dix étaient prêtes à partager son lit s'il le leur demandait. Et encore, il en avait très rarement l'occasion, le plus souvent le sexe lui était offert sur un plateau et sans le moindre encouragement de sa part.

Belle servit les boissons sans un regard pour Dante. La brûlure qu'elle avait ressentie dans tout le corps s'apaisa, heureusement, et elle put de nouveau respirer normalement. Il était naturel de remarquer un homme attirant et, si elle rougissait, ce n'était pas sa faute mais une simple disposition naturelle pénible qu'elle devrait apprendre à maîtriser, comme elle avait appris à gérer tant d'autres désagréments.

Comme souvent, son esprit revint sur la malchance qui la poursuivait. Elle n'avait pas été désirée par sa mère, et son père n'avait jamais voulu entendre parler d'elle, comme il le lui avait d'ailleurs dit crûment. Sa grand-mère, Sadie, prétendait que ce désintérêt était le problème de ses parents et que Belle ne devait pas le prendre pour elle. Au bord des larmes, elle se souvint de ses grands-parents qui, eux, l'avaient vraiment aimée, mais étaient désormais décédés. Penser à eux n'aurait fait que raviver sa tristesse, cela lui rappelait qu'elle était seule au monde, sans personne sur qui s'appuyer en cas de malheur. Et en France, sa situation était allée de mal en pis.

Dante observa Belle qui s'affairait autour du bar, et s'efforça de l'imaginer dans une tenue haute couture, alors que son cerveau immature avait plutôt tendance à l'évoquer nue. Elle serait sans aucun doute plus présentable dans une nouvelle garde-robe, et il faudrait bien sûr qu'elle cesse de se ronger les ongles. Une habitude vraiment dégoûtante.

— Et que fait-elle en France ? demanda-t-il à Steve en désignant Belle du menton.

— À en croire les ragots, elle est arrivée il y a trois ans comme dame de compagnie pour une veuve anglaise âgée qui habitait le village. La famille de cette personne l'avait recrutée à Londres et, quand la vieille dame a sombré dans la démence, ils ont laissé Belle se débrouiller seule avec l'aide du médecin du coin.

— Pourquoi n'est-elle pas tout simplement partie, quand elle n'a plus été de taille à assumer ce travail ?

— Elle s'était attachée à cette femme et n'a pas voulu l'abandonner.

— Et comment s'est-elle retrouvée à travailler ici ?

— La veuve est morte d'une crise cardiaque ; tout de suite après l'enterrement, la famille a vendu la maison. Belle n'avait pas assez d'argent pour rentrer chez elle. Ils se sont aussi débarrassés du chien de la vieille dame… Charlie.

En entendant son nom, le vieux bâtard en mal d'affection se précipita vers Steve, et se frotta contre sa jambe avant d'aller voir un autre habitué plus susceptible de lui offrir un peu de nourriture.

— Et alors ? demanda Dante sans s'intéresser au chien.

— Le type qui tient le bar a mis un vieux camping-car à disposition de Belle, elle y vit avec le chien. Il est garé sur le parking, derrière les arbres. Il lui a aussi proposé ce travail.

— Encore une éclopée de la vie, fit Dante sans surprise. Personnellement, je préfère ceux qui gagnent.

— Les éclopés sont souvent plus sympas et moins âpres au gain, répondit Steve avec un certain cynisme. D'ailleurs, tu n'as jamais eu de scrupules à profiter du malheur des autres.

— La générosité n'est pas dans mes gènes.

— Sauf concernant ton frère. Tu l'as bien souvent tiré d'affaire, dit Steve en baissant la voix. Tu prétends ne pas être sentimental, mais regarde le mal que tu te donnes pour racheter cette forêt !

— Rien à voir, fit Dante entre ses dents, mâchoires serrées.

— Peut-être, pourtant, je crois me souvenir que, la première fois que tu as séjourné dans la cabane en rondins de Cristiano, cela ne t'a pas plu du tout.

— La vie à la dure n'est pas pour moi, mais Cristiano était dans une phase de retour à la nature, répondit distraitement Dante sans quitter Belle du regard.

Deux jeunes hommes qu'elle venait de servir essayaient visiblement de flirter avec elle, mais elle restait froide, professionnelle, et ne rougissait pas, remarqua-t-il avec une certaine satisfaction. Il lui fit gentiment signe de venir prendre une nouvelle commande.

— Pas pour moi, dit Steve. Sancha a dû préparer le dîner et elle a horreur que je sois en retard.

— Mais il est à peine 9 heures ! répondit Dante, incrédule.

— Pour tout te dire, ma femme déteste que j'échappe

trop longtemps à sa surveillance, fit Steve, non sans une certaine fierté.

La simple idée d'une liberté aussi strictement encadrée fit frémir Dante.

— Mais ne crache pas sur le mariage avant d'y avoir goûté, dit Steve pour sa défense.

— Jamais je ne m'y laisserai prendre, répondit Dante en riant. Ce qui ne m'empêche pas d'être à la recherche d'une petite amie. Peut-être rentrerai-je tard cette nuit.

De nouveau son regard fut attiré par le décolleté de Belle qui déposait des verres sur une table, puis par la courbe de ses fesses et ses cuisses nues que dévoilait sa jupe tandis qu'elle se baissait. De nouveau, il se trémoussa non sans irritation sur son siège. Il n'était plus adolescent, alors pourquoi réagissait-il ainsi ? Elle lui apporta sa boisson et il lui tendit un billet en lui disant de garder la monnaie.

— C'est trop, répondit-elle, gênée.

— Ne soyez pas stupide. D'ailleurs, j'aimerais vous parler en privé quand vous aurez terminé votre service.

— Je suis fatiguée. Désolée, mais je crois que je vais aller me coucher.

— Vous ne savez même pas ce que j'ai l'intention de vous proposer ! Il est possible que j'aie un travail à vous offrir, un travail qui vous permettrait de rentrer en Angleterre.

Surprise, elle leva les yeux qu'elle avait obstinément gardés fixés sur la table et croisa le regard sombre et pailleté d'or de Dante. Se sentant frémir, elle fit un pas en arrière.

— Un travail ? Quel genre de travail ?

Il prit sa bouteille de bière, se leva, et alla nonchalamment s'adosser à la balustrade qui entourait la terrasse.

— Plus tard... Si vous acceptez de rester éveillée assez longtemps.

Elle rougit. Tant d'assurance lui mettait les nerfs à vif. Il attendait tranquillement qu'elle morde à l'hameçon ? Eh bien, elle ne le ferait pas. De toute façon, quel travail aurait-il bien pu lui offrir ? En dehors de la restauration, elle n'avait d'expérience que comme gouvernante et dame de compagnie, et un homme aussi riche que lui ne devait recruter ses domestiques que par le biais d'une agence. D'un autre côté, elle n'avait aucune raison de le soupçonner de vouloir lui proposer quelque chose de honteux. Elle n'avait rien d'irrésistible et n'était pas du genre à faire des folies avec les hommes. Non, les seules propositions malhonnêtes qu'on lui avait faites émanaient d'hommes mariés ou de jeunes excités, lassés des beautés locales et en quête d'une étrangère plus attirante. Peut-être Dante Lucarelli avait-il tout simplement une parente âgée qui avait besoin qu'on s'occupe d'elle.

Mais même dans ce cas, il y avait foule de gens avec les diplômes qui, hélas, lui manquaient à elle. Seul le destin l'avait forcée à assumer ce rôle quand son grand-père, devenu veuf, était tombé malade. Lorsqu'il avait été diagnostiqué en phase terminale, elle avait dû abandonner l'école pour de bon et s'occuper de lui. Et elle ne s'était même pas posé la question : ses grands-parents l'avaient aimée et s'étaient occupés d'elle depuis qu'elle était tout bébé.

Tracy, leur fille unique et la mère de Belle, exerçait la profession de mannequin et menait la grande vie. Lorsqu'elle s'était retrouvée enceinte, le père de Belle avait refusé de l'épouser et elle n'avait pas voulu devenir une mère célibataire qui se bat pour survivre. Elle avait donc confié Belle, âgée de quelques semaines à peine, à ses parents. La seule fois où elle l'avait prise chez elle, ç'avait été aussi désastreux pour la mère que pour la fille. Les hommes passaient avant tout pour Tracy, et elle avait fini par se contenter de verser régulièrement un peu d'argent à ses parents pour qu'ils se chargent d'élever Belle à sa place.

Entre cinq et quatorze ans, Belle n'avait plus revu sa mère. Quelques rares cartes postales lui permettaient de suivre ses pérégrinations sur le globe. Quand Belle avait eu quatorze ans, Tracy l'avait brièvement reprise avec elle, ce qui avait été une terrible source de déception et de souffrance, car sa mère l'avait bientôt de nouveau abandonnée : Tracy avait surpris son amant en train de faire des avances à sa fille, à qui elle ne l'avait pas pardonné. Après cet épisode, Belle n'avait plus revu sa mère jusqu'à ce que Tracy vienne récupérer son héritage.

— Voyons, tu es assez grande pour voler de tes propres ailes, désormais, avait-elle déclaré quand Belle avait sollicité une aide financière pour reprendre ses études. Inutile de me demander l'aumône. Cela fait des années que ton père a arrêté de payer ce qu'il aurait dû, maintenant c'est à moi de me libérer de ce poids.

Cela alors que Belle venait de sacrifier les études qu'elle désirait tant faire pour passer trois ans à soigner son grand-père et qu'elle avait assuré l'héritage de Tracy en le dissuadant de vendre sa villa pour aller en maison de retraite ! Tracy, ignorant, ou plutôt refusant de voir la réalité, avait vendu tout ce qu'elle pouvait et laissé Belle sans un sou et hébergée à Londres par une amie. Le travail qui lui avait été proposé en France auprès de Mme Devenish lui était alors apparu comme une aubaine, songea-t-elle tristement.

Car il fallait bien vivre quelque part et Londres était beaucoup trop cher. De plus, vivre à l'étranger lui avait semblé une promesse d'aventure, ce dont sa vie manquait singulièrement. Elle s'était lancée en pensant qu'elle n'aurait qu'à cuisiner, faire le ménage et les courses, et fournir de temps à autre un peu de compagnie à une femme âgée. Elle croyait avoir du temps libre pour découvrir le monde. Jamais elle n'aurait imaginé se retrouver piégée à travailler nuit et jour dans un petit village où il n'y avait pas même un café.

Ramassant les derniers verres, elle jeta un coup d'œil au lac et à la plage, où elle aperçut Dante Locarelli debout à côté d'un pin. Était-ce elle qu'il attendait ? Elle allait évidemment lui poser des questions au sujet de ce travail, elle n'était pas en position de négliger la possibilité – même la plus vague – de trouver un emploi. La saison touchait à sa fin, le restaurant allait fermer dans quelques semaines et alors, que ferait-elle ?

Elle salua le reste de l'équipe et, Charlie sur ses talons, se dirigea vers la plage. La silhouette sombre de Dante émergea soudain des pins, le clair de lune fit briller sa chevelure brune et éclaira ses traits – pommettes hautes, nez droit, mâchoire bien dessinée. Sa barbe commençait à repousser, accentuant la courbe sensuelle de sa bouche. Les yeux fixés sur elle, il semblait attendre son arrivée en silence et elle sentit une onde brûlante se propager au plus intime de son corps. Heureusement, l'obscurité dissimulait son visage qui s'empourprait une fois de plus.

— Belle, demanda Dante, c'est le diminutif de quel prénom ?

— Tinkerbelle, répondit-elle, non sans réticence. Ma mère a malheureusement trouvé ça mignon pour une petite fille, mais mes grands-parents m'ont toujours appelée Belle. Belle Forrester.

— Tinkerbelle ? Ce n'est pas dans un film pour enfants ?

Elle avait cessé d'avancer et se tenait à distance, immobile comme au bord d'un gouffre. Elle avait enlevé sa barrette et ses cheveux tombaient en boucles désordonnées sur ses épaules.

— Oui, dans *Peter Pan*. Tinker Bell, c'est le nom de la fée Clochette, mais Belle, c'est aussi le titre d'un film.

— Ah, si vous aviez des ailes, comme la fée Clochette, vous pourriez tout de suite rentrer chez vous.

— Et… Euh… Ce travail ?

— C'est un travail, disons… original, mais absolument honnête, répondit-il en se rapprochant pour lui tendre la main. Je m'appelle Dante Lucarelli.

— Je sais, répondit Belle en lui effleurant les doigts. Le barman vous a tout de suite reconnu. Il est étudiant en sciences éco.

— Parlez-moi de vous.

— Il n'y a pas grand-chose à dire. J'ai vingt-deux ans, j'ai quitté l'école à seize ans avec le brevet et je n'ai aucun autre diplôme. J'aimerais reprendre des études une fois rentrée à Londres. De nos jours, c'est absolument indispensable pour mener une vie décente.

— Si vous le croyez, pourquoi ne pas l'avoir déjà fait ?

— Je n'en ai jamais eu les moyens, répondit-elle sèchement en s'asseyant sur un banc de ciment, sous les arbres. Ma grand-mère est décédée ; mon grand-père est tombé malade tout de suite après et j'ai dû m'occuper de lui. Quand il est mort à son tour, j'ai trouvé un travail ici comme aide ménagère, mais il s'est rapidement transformé en poste d'auxiliaire de vie à plcin temps.

Dante s'adossa à un tronc d'arbre. Il émanait de lui une aura de virilité puissante, souple et élégante. Elle le sentait aussi détendu qu'elle était anxieuse.

— Vous occuper de personnes âgées est une sorte de vocation ?

— Absolument pas.

Il fut pris de court par sa franchise. Il s'était attendu à plus d'exubérance et même à un soupçon de flirt ; les femmes lui faisaient généralement des avances si elles pensaient avoir la moindre chance de lui plaire. Mais Belle n'avait pas l'air de vouloir faire le moindre effort en ce sens.

— Alors, vous risquez de ne pas sentir plus de vocation pour le travail que je vais vous proposer, mais il vous permettra de rentrer en Angleterre, et il sera extrêmement bien payé.

Belle se tourna pour le regarder en face. Pourquoi ne sortait-il pas de l'ombre ? Elle aurait voulu mieux distinguer son visage.

— De quoi s'agit-il exactement ? demanda-t-elle.

— Je cherche une femme prête à jouer le rôle de ma petite amie dans la vie de tous les jours. Je ne lui demanderai rien de plus que de faire semblant, dit-il d'une voix calme et détachée. Durant deux semaines, et ensuite, l'argent que je vous verserai vous permettra de faire ce que vous voudrez. Gagnant-gagnant pour nous deux, en quelque sorte.

Contrairement à son habitude, elle resta un moment

sans voix, ébahie par cette offre. Même dans ses rêves les plus fous, jamais elle n'avait envisagé pareille possibilité.

— Mais… Euh… On ne se connaît même pas, dit-elle finalement en bredouillant.

— À quoi cela nous servirait-il ? Steve m'a assuré que vous étiez fiable. Il s'agit simplement d'un travail ou, si vous préférez, d'un rôle à jouer. Temporaire, mais bien payé.

— Mais, pour faire semblant d'être la petite amie de quelqu'un, il faut au moins le connaître un peu, répondit-elle. Nous sommes de complets étrangers l'un pour l'autre.

— Une petite séance de questions/réponses et vous saurez tout ce que vous avez besoin de savoir sur moi, répondit-il sans la moindre hésitation. Essayez d'adopter mon point de vue.

— Je ne vous connais pas suffisamment pour pouvoir le faire.

— Laissez-moi vous expliquer. Si je vous offre ce travail, c'est justement parce que vous êtes une étrangère pour moi et que je vous paierai pour fournir la prestation dont j'ai besoin. Une fois votre travail terminé, comme je ne vous connais pas, vous partirez sans poser de problème. Vous ne vous accrocherez pas à moi, vous ne vous imaginerez pas que j'ai des obligations envers vous ni que le fait de m'avoir aidé a pu créer une relation particulière entre nous.

Elle le toisa, surprise par ce petit discours révélateur.

— Les femmes ont l'habitude de s'accrocher à vous ?

Le visage de Dante se crispa et ses yeux noirs étincelants se posèrent sur le pâle ovale de Belle.

— Dans le passé, ça a pu me poser problème. J'ai connu la pire des crampons.

— Je ne suis pas du genre à me cramponner, dit-elle dans un souffle, subjuguée par l'éclat des yeux noirs qui luisaient dans la pénombre. Mais vous ne m'avez toujours pas expliqué pourquoi il vous faut une petite amie à demeure.

— Et je ne vous en dirai rien tant que je ne saurai pas si vous êtes disposée ou non à accepter ce travail, répondit-il avec impatience. Une bonne nuit de sommeil et on se revoit demain matin, à 11 heures, pour que vous me donniez votre réponse. Mais attention, en tant qu'employeur, mes exigences sont grandes. Si vous acceptez ce travail, vous devrez vous plier à mes requêtes : porter les vêtements que je vous achèterai, arrêter de vous ronger les ongles… et vous séparer de votre chien. Les chiens ne sont pas mes amis.

Elle enfonça ses ongles rongés dans ses paumes. Il avait donc remarqué. Elle espérait toujours que sa mauvaise habitude passe inaperçue, et elle était cruellement mortifiée. Mais évidemment, rien n'échappait à Dante Lucarelli. Elle se baissa pour prendre son chien dans ses bras, qui fit voler le sable qu'il avait sous les pattes dans toutes les directions.

— Pas question que je me sépare de Charlie.

— Durant notre… arrangement, il pourrait séjourner dans un chenil.

— Non, il a trop besoin d'amour et d'attention. Privé de son environnement familier, il risque d'avoir peur, dit-elle en le serrant contre elle comme si c'était une peluche.

— Ce n'est quand même pas un enfant !

— C'est la seule famille qui me reste, et sa vie n'a pas toujours été facile, répondit-elle, de plus en plus irritée. Je ne transigerai pas sur Charlie !

— Attendons demain. Maintenant, je vais vous raccompagner jusqu'à votre camping-car.

— Inutile, répondit-elle en reposant le chien. Il n'est qu'à quelques centaines de mètres.

— C'est à moi de décider ce qui est utile ou non, pas à vous.

Il l'observa avec attention. Sa sentimentalité excessive serait-elle un problème ? Cristiano aussi avait été un grand sentimental, trop prompt à s'attacher, et on savait où l'avait mené ce besoin d'affection et de partage ! Il avait laissé derrière lui deux chihuahuas débordants d'amour que Dante avait dû placer dans un chenil chic. Une fois par mois, ponctuellement, il allait les voir, mais ce n'était évidemment pas comme s'il les avait pris chez lui. Hélas, il ne pouvait rien offrir de mieux à ces chiens qui n'avaient jamais été traités comme des animaux et ne savaient probablement pas eux-mêmes qu'ils n'étaient que des chiens. Tito et Carina étaient habitués à partager le lit de leur maître, à dormir sur ses genoux et à manger dans son assiette.

— Vous ne croyez pas que, si vous avez besoin de louer une petite amie, fit Belle après avoir respiré profondément, c'est parce que vous êtes sans cœur, brutal et affreusement autoritaire ?

— Je ne me rappelle pas qu'une femme m'ait jamais insulté de cette façon ! répondit Dante, visiblement peu affecté par ce jugement.

Une vie entière de critiques parentales l'avait terriblement endurci.

— Je doute que les femmes se montrent très critiques envers vous.

— C'est le lot de la plupart des hommes riches, répondit-il avec cynisme avant de s'arrêter devant le petit camping-car niché sous les arbres.

Comment pouvait-on vivre dans ce véhicule déglingué ?

— Je passerai demain au bar, à 11 heures, dit-il.

2.

Belle, allongée sur sa minuscule couchette, était restée éveillée jusqu'à l'aube, à réfléchir à la décision à prendre, sans que cela lui apporte aucune certitude. Comme toujours, elle avait fait des listes : une longue liste de questions importantes à poser à Dante, mais auxquelles il ne répondrait sans doute pas ; ainsi que la liste des pour et des contre, incomplète, car elle n'avait pas tous les éléments en main pour juger de la situation.

— Qu'est-ce que tu en penses ? demanda-t-elle à Charlie qui s'était blotti contre elle. On ne peut pas apprécier les gens qui n'aiment pas les chiens, ni leur faire confiance, pas vrai ? Tu me trouves trop catégorique ? Injuste ? Après tout, Steve est un type charmant et Dante est son ami, ce qui plaide plutôt en sa faveur.

Armée de ses listes et vêtue d'un short en jean et d'un haut à fleurs, elle se mit en route pour le bar sous le soleil du matin. Dans le restaurant, le ménage touchait à sa fin et il était temps de préparer les tables pour le déjeuner. Tout en roulant des hanches au rythme de la musique, elle sortit les sets et les verres. Dante était-il seulement capable de comprendre ce qu'elle ressentait pour son chien ?

Il n'était pas à elle depuis sa naissance, mais ils vivaient ensemble depuis son arrivée en France et elle s'était sentie obligée de l'adopter. Elle n'avait pas de famille et ne pouvait compter ni sur son père, qu'elle n'avait vu qu'une fois dans sa vie, ni sur sa mère, Tracy, qui n'avait plus repris contact avec elle depuis la mort de ses grands-parents.

Charlie avait beau être moche et bizarre, il lui tenait lieu de famille. Ce n'était pas le plus racé des chiens, mais il débordait d'affection et lui rendait le monde moins sombre quand elle se sentait trop seule.

Une fois terminé son petit déjeuner sur fond de hurlements de bébés, Dante se rendit au restaurant. En montant les marches, il eut l'heureuse surprise de voir les fesses de Belle se trémousser au rythme de la musique. Elle avait un beau petit postérieur, ferme et épanoui, et le spectacle qu'elle offrait en dansant était du genre à exciter n'importe quel mâle. Mais prudence ! En tant qu'employeur potentiel, il ne devait absolument pas céder à la tentation. Il s'y était toujours refusé avec ses employées et jamais il ne commettrait pareille erreur, se rassura-t-il avec la plus grande fermeté.

— Venez vous asseoir avec moi, dit-il à Belle en passant auprès d'elle.

— Je ne peux pas. C'est le coup de feu, répondit-elle, les yeux rivés sur lui, comme hypnotisée. J'aurais dû vous prévenir hier soir.

— J'en ai parlé à votre patron, il vous accorde une heure pour discuter avec moi, l'informa-t-il avec le plus grand calme.

— Mais c'est l'heure de pointe !

— J'ai payé pour qu'il vous accorde ce temps libre, répondit-il avec assurance.

Rouge comme une pivoine, elle se dirigea vers la table qu'il lui désignait. Le pouvoir de l'argent, elle connaissait, et elle l'avait accepté depuis longtemps comme un des aspects pénibles de l'existence. Quand les gens payaient, ils avaient le droit de transgresser les règles et de faire la loi. Ce qui était normal devenait anormal et elle n'avait plus le choix. Elle s'assit face à lui et releva le menton en le fixant d'un regard plein de défi.

— Je croyais que vous viendriez plus tôt.

— J'ai dormi, répondit-il, gêné. Hier j'ai voyagé toute la journée.

Elle faillit lui faire remarquer qu'il avait dû effectuer ce voyage dans des conditions extrêmement confortables – peu de chances qu'il utilise les compagnies *low cost* – mais elle n'était pas en position de le contrarier. Quand il le fallait, elle savait se taire et garder un silence respectueux, même si les gens se montraient désagréables ou provocateurs. L'avantage d'occuper un emploi modeste, il fallait bien le reconnaître, c'était qu'on y apprenait l'humilité.

— Je suppose que vous envisagez d'accepter ce travail ? demanda-t-il en levant un sourcil tandis qu'une collègue de Belle déposait deux cafés sur leur table.

— Oui, répondit-elle en mettant du sucre dans son café parce qu'il n'y avait pas de lait, et en le remuant nerveusement. Mais d'abord, vous devez me fournir des explications.

Il prit une inspiration et son T-shirt de coton se tendit sur ses pectoraux. Bien décidée à ne pas profiter du spectacle, elle leva les yeux vers son visage pour la première fois depuis qu'ils étaient assis. Le regard sombre pailleté d'or captura le sien et elle sentit son estomac se creuser comme sur le grand huit.

— Dans huit jours, j'accueille pour le week-end un couple marié. Eddie et Krystal Shriner. Je suis en affaires avec Eddie, en pleine négociation très importante, mais le problème, c'est Krystal, avec qui j'ai eu une courte liaison il y a quatre ans. Depuis, elle me harcèle sans cesse. Je ne veux pas qu'elle se mette à flirter avec moi devant son mari, ce qui risquerait de faire capoter la négociation en cours. C'est un homme extrêmement jaloux.

Malgré elle, Belle sentit son intérêt s'éveiller.

— Krystal, c'est la « pire des crampons » à laquelle vous avez fait allusion hier soir ?

Il acquiesça.

— Le seul moyen de lui échapper, c'est d'installer une autre femme chez moi, dit-il. Votre présence la rendra folle de rage, mais ce sera un moindre mal, du moment que je réussis à la convaincre que j'ai trouvé chaussure à mon pied. Elle ne prendra pas le risque de perdre Eddie tant qu'elle n'a pas de remplaçant qui lui convienne en vue.

En entendant pareil calcul, Belle fit la grimace, mais se détendit légèrement.

— Puis-je vous demander combien de temps vous êtes resté avec elle ?

— Un week-end..., répondit-il en fronçant les sourcils.

— Un week-end ? Et vous vous en faites à ce point !

— Je n'ai jamais prétendu qu'elle était inoffensive, répondit-il sèchement.

— Ils vont rester longtemps chez vous à Londres ?

— Pas à Londres. Je les ai invités chez moi, en Italie.

— Mais vous m'avez proposé de me ramener à Londres !

— Dès que vous aurez terminé votre travail, mon jet vous ramènera là où vous le souhaiterez, mais les deux prochaines semaines, nous ne serons pas à Londres. Si vous acceptez cet emploi, je vous emmènerai d'abord à Paris acheter des vêtements. Habillée comme vous l'êtes, personne n'accepterait de croire que vous êtes ma petite amie. Ensuite, nous repartirons pour l'Italie où vous vous familiariserez pendant quelques jours avec ma maison et mon mode de vie. Dès que Krystal et Eddie nous auront quittés, votre travail sera terminé et vous pourrez rentrer chez vous.

L'idée de se faire offrir des vêtements par Dante lui déplaisait, cela lui rappelait trop les manœuvres sordides et néanmoins lucratives de sa mère pour se faire payer vêtements de luxe, bijoux et croisières par ses amants. Quand Belle avait découvert les méthodes de Tracy pour vivre dans le grand luxe apparemment sans travailler, elle avait eu honte. Comment s'étonner alors que son père ait parlé de Tracy de façon si sarcastique et l'ait traitée de « chercheuse d'or » ? Il était clair que, plus jeune, Tracy avait passé plus de temps dans les lits de ses riches protecteurs qu'à défiler sur les podiums, et Belle était très reconnaissante envers ses grands-parents de ne pas lui avoir révélé la vérité concernant leur fille.

— Alors, répondit-elle en s'arrachant à ces désagréables souvenirs, le travail en tant que tel ne durera pas plus de deux semaines ?

— Non.

Elle fouilla dans ses poches et sortit la liste qu'elle avait rédigée la veille.

— J'ai quelques autres questions à vous poser, si vous le voulez bien.

— Je suppose que je n'ai pas le choix, répondit-il en observant, fasciné, la façon dont elle passait le bout de sa langue sur ses lèvres pour les humidifier.

Tout en se reprochant son manque de discipline, il ne pouvait s'empêcher d'imaginer l'effet de cette langue se déplaçant sur son propre corps. Il devait reconnaître que, concernant les femmes, il n'avait jamais eu beaucoup de difficultés à se tenir à ses principes car il n'avait que très rarement rencontré une femme qu'il désirait et qui lui résistait. Mais Belle allait travailler pour lui, il allait la payer, et si le sexe se glissait dans cet arrangement, la situation risquait de devenir plus délicate encore.

Sans se démonter, elle lut à haute voix la première question de sa liste.

— Pourquoi aucune de vos amies n'a-t-elle accepté de tenir ce rôle ?

— L'une d'elles avait accepté, mais elle a changé d'avis. Elle a décidé qu'il fallait qu'elle ait une bague de fiançailles au doigt pour affronter Krystal, pour une question de fierté. Mais je n'étais pas prêt à pousser aussi loin la comédie, reconnut-il platement.

— Vous devez être en proie à un harcèlement permanent pour vous sentir à ce point pourchassé par les femmes ! dit Belle de son air le plus suave.

Il préféra prendre ce commentaire au premier degré et haussa ses larges épaules d'un air modeste.

— Question suivante ?

— Et Charlie ?

— Charlie ? Qui est Charlie ?

— Mon chien. Vous l'avez croisé hier soir.

— N'oubliez pas que c'est un chien, pas une personne. Il y a des chenils tout près de chez moi, et je vous assure qu'ils proposent un service d'excellente qualité : cela fait plus d'un an que j'y ai placé les deux chiens de mon frère.

Elle le regarda d'un air horrifié.

— Vous avez placé les deux chiens de votre frère dans un chenil depuis plus d'un an ! Pourquoi ne les avez-vous pas installés chez vous ?

— Je ne suis pas un ami des chiens, répondit-il d'un ton impatient. Et j'ai même du mal à croire que nous ayons cette discussion stupide à propos d'animaux. Si vous tenez tant à emmener votre chien, faites-le, mais nous l'enverrons en Italie avant nous. Pas question de l'emmener à Paris !

Elle décida de céder. L'arrangement n'était pas parfait, mais Dante s'estimait visiblement très généreux de faire cette concession, et elle ne voulait pas le pousser dans ses retranchements de crainte de perdre cette chance unique d'un travail qui lui permettrait de rentrer à Londres.

— Vous ne m'avez toujours pas précisé le montant du salaire, dit-elle, assez mal à l'aise.

— Combien avez-vous gagné l'année dernière ? demanda-t-il en lui jetant un regard torve, furieux à l'idée de devoir vivre avec un chien, même pour deux semaines.

Cette femme était une drôle de petite créature, folle de son chien, mais au fond ces défauts étaient véniels ; s'il les acceptait sans rechigner, elle serait plus convaincante encore dans le rôle qu'il voulait lui faire jouer.

Prise de court par la question, Belle cligna des yeux et répondit en toute honnêteté.

— Sérieusement ? Pas plus que ça ? s'exclama-t-il, incrédule.

— Pas plus que ça, mais j'étais nourrie et logée, répondit-elle en rougissant.

— Multipliez cette somme par cinquante, c'est ce que je suis prêt à vous payer, dit-il sans barguigner.

— Par *cinquante* ? Vous ne pouvez pas me verser ce salaire et en plus m'acheter des vêtements ! fit-elle, stupéfaite. Ce serait du délire !

— Il vous faudra pourtant en passer par là. Pour moi, ça n'a rien d'extravagant. Et si vous faites un réel effort pour vous mettre dans la peau du personnage, vous aurez droit à un bonus.

Elle avait pâli à l'idée de gagner une telle somme. Quel choc ! Même en calculant rapidement et au plus juste, un tel pactole allait changer sa vie et, pour la première fois, lui permettre de faire des choix. Elle pourrait louer un appartement à Londres et reprendre des études qui lui permettraient de trouver un emploi à sa convenance. Avec ce capital à disposition, le ciel serait sa seule limite. À l'idée de sa liste de pour et de contre, elle se sentit réellement stupide : elle avait la possibilité de changer de vie, le risque en valait vraiment la peine. D'ailleurs, au fond, qu'avait-elle à perdre – en dehors de Charlie ?

— Ce sera comme de gagner au loto, dit-elle, conquise, dans un souffle.

— N'oubliez pas que le gros lot, c'est moi, et commencez dès maintenant à entrer dans le rôle. Le salaire que j'ai l'intention de vous verser sera de l'argent de poche comparé à la vie que vous mènerez avec moi.

— L'argent de poche me suffit. Vivre avec vous doit être une vraie gageure.

Il ne releva pas. Pour lui, vivre avec une femme sous son toit, au risque de troubler sa sacro-sainte intimité, était une terrible punition.

— Je vais m'occuper de faire voyager le chien, et je passerai vous prendre demain.

— Demain ? demanda-t-elle, stupéfaite. Déjà ?

— Nous n'avons pas de temps à perdre, et vous ne devez pas avoir beaucoup de bagages. Donnez-moi votre numéro de téléphone, je vous préciserai par texto l'heure de notre départ.

Sur ce, il descendit en deux enjambées l'escalier qui menait au parking, tandis que, médusée, elle restait sans bouger. Puis elle se remit à préparer les tables. Comment croire qu'elle allait quitter ce restaurant et que sa vie puisse changer si vite ? Concernant ses bagages, Dante avait vu juste, elle n'avait pas grand-chose à emballer et sa garde-robe était extrêmement limitée. Elle allait donner un bon bain à Charlie et le brosser soigneusement pour le rendre plus présentable. On ne devait surtout pas le prendre pour un malheureux chien abandonné ou négligé. Il allait aussi falloir qu'elle nettoie à fond le camping-car avant de rendre la clé à son propriétaire.

Quand Dante vint prendre Belle, le lendemain matin, il la trouva en larmes à la pensée de se séparer de son chien. Les transporteurs spécialisés que l'assistante personnelle de Dante avait contactés se tenaient devant leur fourgon, craignant visiblement d'accélérer la séparation. Heureusement, Dante n'avait pas ce genre de scrupules.

— Dites au revoir à votre chien, Belle. La séparation ne durera pas plus de quelques jours.

— Il est terrorisé, répondit-elle d'une voix tremblante. Il n'a encore jamais été dans une cage.

— Mettez-le vous-même dans la cage. Comment aviez-vous l'intention de le ramener en Angleterre ? demanda-t-il. De toute façon, à un moment ou à un autre du voyage, il se serait retrouvé dans une cage. Mieux vaut qu'il s'y habitue dès maintenant.

Charlie entra dans la cage et se blottit dans un coin, comme s'il s'attendait à être battu. Ravalant un sanglot, Belle tendit les papiers qui précisaient que Charlie était arrivé en France deux ans plus tôt.

— Il a l'air vraiment misérable, fit-elle d'une voix faible.

— Oui, c'est vrai qu'il n'est pas très heureux, dit Dante

tout en soupçonnant Charlie de savoir l'effet qu'il produisait sur le public et d'en rajouter. Mais bientôt vous serez de nouveau réunis. Il faut vous faire une raison.

Brusquement, elle s'aperçut que Dante avait complètement changé de look. Fini le jean, il était vêtu d'un costume gris foncé magnifiquement coupé qui mettait en valeur sa large carrure et la minceur de ses hanches. Fascinée, elle le contempla quelques secondes avant de détourner précipitamment la tête.

— Je sais que je dois me faire une raison, mais ça ne m'empêche pas d'être complètement retournée, fit-elle, sur la défensive.

— Pleurer en public est inacceptable, sauf à un mariage ou à un enterrement. En tout cas, pas quand on dit au revoir à son chien pour quelques jours, dit-il tandis que le chauffeur chargeait son unique bagage dans le coffre de la voiture puis leur ouvrait les portières.

— Dé-désolée, répondit-elle en tournant son visage dévasté vers lui.

Puis, ravalant un sanglot, elle monta dans la voiture de luxe.

Ils gagnèrent l'aéroport de Toulouse-Blagnac où, après être passés par l'espace VIP, ils embarquèrent dans le jet privé de Dante. Impressionnée, elle découvrit les somptueux sièges de cuir gris et l'élégant aménagement intérieur. Une hôtesse lui apporta une pile de magazines de mode tout en flirtant outrageusement avec Dante : sourires provocants, effets de chevelure et postures suggestives dans une jupe crayon assez moulante pour réveiller un mort. Les femmes lui prodiguaient-elles toujours une attention aussi manifeste ? Belle s'interrogea. Et elle, pourquoi la fascinait-il à ce point ?

Il avait beau être riche, sophistiqué, et d'une beauté à couper le souffle, il lui était aussi étranger que la neige à la chaleur de l'été. Mais il affolait ses hormones et lui rendait son propre corps très inconfortable. Celui-ci la trahissait d'une façon totalement inattendue. Jamais auparavant elle n'aurait imaginé être attirée par quelqu'un qu'elle n'appréciait pas spécialement et elle était stupéfaite de sentir, dès qu'elle posait les yeux sur lui, ses seins se gonfler, leurs pointes durcir et une tiède humidité sourdre entre ses cuisses. Mais, au fond, la découverte de cette petite faiblesse ne la tracassait pas plus que cela.

Elle ne céderait jamais à la tentation parce que l'attirance sexuelle présentait peu d'intérêt en l'absence de sentiments authentiques. Aucune des nombreuses liaisons de sa mère n'avait duré ni réussi à la guérir de son insatisfaction permanente. Belle attendait davantage de la vie qu'une passagère excitation sexuelle ou une existence luxueuse. Elle attendait l'amour, un homme qui lui permettrait de s'épanouir en sécurité, et quand finalement elle l'aurait trouvé, elle fonderait la famille qu'elle avait l'impression d'avoir perdue sans en avoir pourtant jamais vraiment eu. Cet homme ne refuserait pas de s'engager, contrairement à Dante qui considérait les femmes comme des crampons et n'aimait sans doute pas plus les enfants que les chiens. Ce serait un homme ordinaire, qui aurait envie de se fixer s'il rencontrait la femme capable de le rendre heureux.

— Vous êtes déjà allée à Paris ? lui demanda-t-il en la voyant regarder à travers la vitre comme un enfant qui craint de rater quelque chose pendant un voyage scolaire.

— Non.

— Depuis combien de temps résidez-vous en France ?

— Presque trois ans.

— Et vous n'avez rien visité ?

— Je ne pouvais pas laisser Mme Devenish et Charlie seuls, et pour être franche, je n'aurais pas eu assez d'argent pour le faire.

— Je ne comprends pas que vous vous encombriez d'un chien, dit-il sèchement.

— Au départ, il n'était pas à moi. La nièce de Mme Devenish le lui avait offert, mais rapidement, elle n'a plus été assez en forme pour s'occuper de lui. Pourtant elle aimait le voir vagabonder dans la maison. C'était une vieille dame charmante, mais son entourage n'arrivait pas à accepter qu'elle soit malade. Ils aimaient venir passer leurs vacances ici en été et prétendaient qu'elle exagérait ses symptômes. J'ai fait venir le médecin pour les convaincre du contraire, mais elle est décédée quelques semaines plus tard.

— Vous allez devoir apprendre à ne pas vous laisser exploiter.

— À condition qu'il me soit possible d'assumer les conséquences d'un tel refus, et je n'avais pas d'autre travail en vue ni d'autre endroit où vivre.

— Vous n'auriez pas dû vous laisser acculer dans cette situation.

— C'est pourtant exactement ce que je suis en train de faire avec vous.

Il fronça les sourcils, extrêmement surpris.

— Comment cela ?

— Eh bien, vous ne m'avez pas proposé de contrat en bonne et due forme, et en plus, maintenant que vous détenez Charlie, vous avez un moyen de pression sur moi, dit-elle en relevant le menton.

— Vous vous imaginez que j'ai pris Charlie en otage ? Ou que je vais vous abandonner à Paris sans un sou ? demanda-t-il, choqué par ces soupçons insultants.

— Ce n'est pas exactement ce que j'ai dit, répondit-elle doucement. Mais quand on n'a pas le choix… Il a bien fallu que je vous fasse confiance.

Il eut un soupir irrité, mais ne répondit rien, se contentant de faire la grimace. Il n'aimait pas qu'on mette sa parole en doute.

Belle descendit de la limousine dans une des rues les plus huppées de Paris et ouvrit des yeux plus grands encore en voyant Dante se diriger vers un palace des plus renommés. En rougissant, elle lissa sa jupe à fleurs, et contempla avec embarras ses chaussures fatiguées. Puis elle le suivit en prenant garde de rester loin derrière lui et manqua de glisser sur le carrelage impeccablement lustré du hall de réception. Elle était horriblement consciente du silence feutré qui régnait, malgré les conversations étouffées. En levant les yeux, elle aperçut les galeries à colonnes correspondant aux différents étages. Jamais elle ne s'était sentie aussi minable. Au moindre geste de travers, une main s'abattrait-elle sur son épaule ? Lui demanderait-on ce qu'elle faisait dans ce lieu magnifique où elle se sentait si peu à sa place ?

— Cet après-midi, vous allez avoir beaucoup à faire, lui dit Dante quand elle pénétra sur ses talons dans l'ascenseur avant de se réfugier dans un coin.

Elle le fixa d'un air ébahi.

— Faire quoi ?

— D'abord une petite séance de spa pour des traitements de beauté, ne me demandez pas lesquels. J'ai indiqué à mon assistante que vous aviez besoin d'un relooking, surtout concernant vos ongles.

— Vous êtes obsédé par mes ongles, dit-elle d'un ton un peu aigre. Mais j'ai bien peur que personne n'y puisse rien.

— Effectivement, si j'acceptais de payer la facture, le meilleur moyen serait de vous couper les mains pour vous en greffer d'autres.

Elle pâlit et serra les poings. Elle avait évidemment terriblement envie de se ronger les ongles, mais cela aurait mis le feu aux poudres. Les portes de l'ascenseur s'ouvrirent sans bruit et un homme en veste blanche s'inclina devant eux.

— Notre maître d'hôtel. Vous pouvez lui demander tout ce que vous désirez, dit Dante en pénétrant dans le vaste espace qui s'ouvrait devant eux.

Ébahie, elle traversa la pièce et sortit sur le balcon. Se penchant au-dessus de la balustrade de fer forgé magnifiquement ouvragée, elle contempla la vue : la mince silhouette de la tour Eiffel, les toits de verre du Grand Palais et les tours de Notre-Dame.

— Madame… ?

Se retournant, elle découvrit le maître d'hôtel qui

lui présentait une coupe de champagne sur un plateau d'argent. Tout cela n'était-il qu'un rêve ? Elle faillit se pincer mais préféra prendre le verre. Elle revint à l'intérieur et l'homme la guida par un escalier en colimaçon jusqu'à sa chambre d'un luxe très glamour : murs tendus de brocard et sièges de velours confortables d'un délicat vert de Nil. Le plafond, haut, était décoré d'une dentelle de moulures. En pénétrant dans la salle de bains, elle fut un peu déçue de n'y trouver qu'une douche, même si la pièce était assez grande pour servir de salle de réception.

En redescendant l'escalier, elle découvrit que le déjeuner était servi. Une jeune femme vêtue d'un tailleur strict, une tablette en main, était à côté de Dante.

— Belle, voici mon assistante, Caterina. C'est elle qui gérera ton emploi du temps car je dois assister à quelques réunions.

Belle s'assit en face de lui pour déjeuner. N'ayant rien mangé depuis le matin, elle avait très faim. Tandis qu'elle se restaurait, il s'entretint en italien avec son assistante et elle vit ses prunelles dorées étinceler dans un rayon de soleil avant que ses longs cils ne les lui dérobent. Elle sentit sa bouche s'assécher et sa gorge se serrer. Les nerfs à vif, elle faillit porter ses ongles à sa bouche, mais Dante la fixa d'un air dissuasif.

— Essaie seulement et je te plonge la main dans l'eau glacée.

En rougissant, elle cacha sa main entre ses genoux.

— Tu n'as pas à me menacer, dit-elle d'une voix sourde.

— Et toi, tu dois faire un petit effort, répondit-il sous le regard de Caterina, visiblement médusée. Ce soir, je t'emmène dîner quelque part. Assurez-vous qu'elle soit prête à être photographiée, fit-il à destination de son assistante.

— Comment ça, être photographiée ? demanda Belle.

— Je suppose qu'à un moment ou à un autre de la soirée, les paparazzis finiront par nous coincer.

— En Italie, Dante est en permanence sous le feu des projecteurs, dit Caterina.

Elle escorta ensuite Belle jusqu'au spa dans le sous-sol de l'hôtel. Belle supporta sans peine les différents traitements, et une fois les moins agréables terminés, finit par se détendre. On lui avait collé de faux ongles, longs et effilés, d'un rose pâle à peine visible, et son corps ne comportait plus le moindre poil – à part ses cheveux et ses sourcils. Après un massage et un gommage du visage, elle vit arriver un coiffeur qui se lamenta d'abord sur les dégâts causés par le soleil à son abondante chevelure. Mais après un traitement efficace, cette masse indomptable se transforma en boucles brillantes et douces comme la soie.

De retour dans sa chambre, elle trouva trois femmes flanquées de portants chargés de vêtements et de boîtes d'accessoires. Après avoir déterminé sa taille, l'une d'elles lui fit essayer de la lingerie de luxe qui, d'après la plus âgée, était indispensable pour l'élégance de la silhouette. Puis on lui fit passer différentes tenues tandis que les dames discutaient entre elles des couleurs et des formes qui lui convenaient le mieux. Jamais elle n'avait vu auparavant des tissus d'un tel luxe, ni des vêtements si bien coupés et finis. Cependant, si elle ne devait jouer la petite amie de Dante devant ses amis que le temps d'un week-end, pourquoi lui offrir une garde-robe complète ? Bien sûr, elle allait devoir tenir ce rôle chez lui quelques jours auparavant, mais une telle profusion paraissait excessive. Pourtant, en découvrant son reflet dans le miroir, elle cessa de s'interroger sur tout cet argent dépensé en vain.

La robe moulante aux fines bretelles semblait avoir été créée spécialement pour elle. Un soutien-gorge adapté contenait son exubérante poitrine. L'ourlet s'arrêtait aux genoux, des sandales aux talons vertigineux mettaient ses jambes en valeur, allongeant et affinant sa silhouette.

Elle reprit son souffle, s'empara d'une pochette assortie aux sandales et descendit l'escalier.

*
* *

— Très classe, dit Dante d'un ton approbateur en découvrant la nouvelle Belle, malgré une étrange pointe de déception au fond du cœur.

À sa grande surprise, il prit conscience que, d'une certaine façon, il préférait ses boucles rebelles et l'excentricité juvénile de son allure. Voilà qui était perturbant. Indiscutablement, elle était plus élégante quc la première fois qu'il l'avait vue, pourtant, au naturel, elle lui avait paru autrement plus sexy, plus attirante.

— Vous avez obtenu ce que vous vouliez, dit-elle avec un haussement d'épaules.

Une étincelle plus sombre passa dans le regard doré de Dante.

— Inutile d'épiloguer, ce n'est pas le plus important.

Il examina ses longues jambes et s'imagina en train de remonter sa jupe, de caresser ses cuisses rondes et fermes. Le corps frémissant, il s'efforça de chasser ce fantasme malvenu et de se calmer. Il n'était pas question de céder à cette pulsion oh combien dangereuse. Il allait évidemment avoir l'occasion de toucher Belle. Leurs rôles respectifs impliquaient des contacts physiques, mais il s'assurerait de ne fournir à son public qu'une illusion, convaincante mais superficielle.

Dans l'ascenseur, Belle frémit en sentant le regard de Dante se poser sur ses jambes. Elle ressentait une sorte de faiblesse, d'étourdissement, de légère claustrophobie ; une pulsation étrange et incontrôlable au plus profond d'elle et une tension presque douloureuse dans les seins. Simple attirance stupide et purement physique, se dit-elle avec dédain tout en montant à l'arrière de la limousine étincelante qui les attendait. Les nerfs à vif, elle jeta en silence un coup d'œil à Dante. Ses prunelles dorées étincelaient, ce qui la fit déglutir.

Dante, de son côté, ne s'était jamais senti aussi mal à l'aise : comment espérer donner l'impression qu'ils étaient amants alors qu'il n'avait même pas encore touché Belle ? Pourquoi ne s'était-il pas encore risqué à le faire ? Sa décision prise, il tendit la main et elle la saisit avant de le laisser l'attirer à lui pour la prendre dans ses bras. Elle s'y glissa sans vraiment réfléchir, le cœur battant, de nouveau en proie à un léger vertige.

Il lui prit le visage en coupe et l'embrassa avec une ardeur si bien feinte qu'elle en eut le souffle coupé. Son cœur se mit à battre plus vite encore et tout son corps frémit d'un désir qu'elle n'avait jamais ressenti auparavant. Ses doigts s'agrippèrent au col de la veste de Dante qui, avec un gémissement, écrasa ses lèvres pour introduire sa langue dans sa bouche, dans une exploration méthodique qui la fit vibrer tout entière. Ces sensations aussi inattendues qu'incroyablement excitantes la submergèrent avec la puissance d'une avalanche.

— Mauvais timing, *amante*, dit-il dans un murmure en soulevant légèrement le bassin tandis qu'elle posait sur sa cuisse une main qu'elle aurait voulu apaisante, mais qui se révéla bien trop proche de l'endroit où la tension de son pantalon trahissait son excitation.

Pour la première fois de sa vie, il *désirait* qu'une femme aille plus loin. Il attendit quelques secondes, mais elle ne bougea hélas pas.

— Je pourrais demander au chauffeur de faire un petit tour ?

La suggestion effraya Belle qui, les yeux fixés sur la bouche écarlate de Dante, se passa la langue sur les lèvres. Tout son être brûlait du désir qu'il la touche de nouveau pour satisfaire ce besoin surgi de nulle part qui la faisait trembler et transpirer.

— Euh…

— *Madonna mia… Ti voglio…* J'ai envie de toi, fit-il d'une voix rauque en écrasant de nouveau les lèvres de

Belle et en lui prenant la main pour la poser au point crucial de son désir.

Les doigts de Belle avancèrent avec hésitation sur le tissu et suivirent le long renflement de son sexe à travers le pantalon. Elle sentit qu'elle venait de pénétrer en territoire inconnu. Jamais elle n'avait joué à ce jeu-là, ni encouragé personne à y jouer avec elle parce qu'elle n'avait pas encore eu l'intention d'aller plus loin qu'un simple baiser avec un homme. Mais en cet instant, elle se sentait terriblement tentée, elle le désirait même au plus haut point. En quelques minutes, Dante lui avait fait franchir ces étapes et cela la terrorisait. Dans ses bras, elle était incapable de penser sereinement.

Le regard appréciateur qu'il posait sur elle enflammait son corps, le désir impérieux qui brillait dans ses yeux suscitait le sien.

— Je croyais que nous étions sortis pour déjeuner, répondit-elle d'une voix tremblante.

— Nous pourrons très bien nous sustenter à l'hôtel, dit-il en lui prenant la main pour la garder près de lui.

— Mais le sexe n'était pas inclus dans notre arrangement, n'est-ce pas ? demanda-t-elle, en plein désarroi.

— Bien sûr que non, répondit-il en lui caressant doucement les doigts. Mais ce que nous choisissons de faire en dehors de notre pacte ne regarde que nous.

— Euh… Oui, mais je ne crois pas que nous devrions aller trop loin, murmura-t-elle en dégageant sa main.

— Il faudra pourtant un certain degré de familiarité visible entre nous, sinon personne ne croira jamais que nous sommes amants, répondit-il en dissimulant son amusement.

Elle s'en voulut de ne pas avoir pensé plus tôt à cet aspect de leur prétendue relation.

— Tu me sembles très… nerveuse, dit-il. En tout cas, il faut que tu saches une chose : je te désire peut-être, mais jamais je ne te forcerai à faire quoi que ce soit contre ta volonté.

Elle rougit et se redressa, embarrassée qu'il se pense obligé de la rassurer.

— Je sais, mais pour être franche, avec toi je me sens un peu… un peu dépassée.

— Dépassée ? répéta-t-il, les nerfs à vif sous l'effet de la frustration.

— Pour tout dire, je n'ai guère d'expérience, dit-elle platement. J'aurais sans doute dû t'en avertir plus tôt.

— Que signifie au juste « guère » ?

Elle prit une profonde inspiration.

— Je préférerais changer de sujet, s'il te plaît.

— Ne sois pas si timide, et ne te crois surtout pas obligée de me mentir. Je considère les femmes comme des égales, et je préfère les partenaires expérimentées.

— Dans ce cas, je ne risque pas de te convenir, répondit-elle, visiblement soulagée, sur le ton de la confidence. Je n'ai encore jamais eu de… euh… partenaire.

— Tu ne peux quand même pas être *vierge* ! dit-il, abasourdi.

Comme il prononçait ces mots, le chauffeur ouvrit la portière car, sans que ni l'un ni l'autre ne l'ait remarqué, la voiture venait de s'arrêter. Belle fut miraculeusement dispensée de répondre. Dante sortit et elle se glissa vers la portière en s'efforçant de garder sa jupe droite décemment tirée sur les cuisses. Au même instant, comme dans un cauchemar, des flashs d'appareils photo se mirent à crépiter, l'aveuglant et la déstabilisant tandis qu'elle tentait de s'extirper gracieusement du véhicule sur ses talons aiguilles. Heureusement, Dante vint à son secours. Lui saisissant le bras, il la fit retrouver son équilibre et elle lissa sa robe d'une main discrète.

Sans un regard pour les photographes qui se pressaient dans le hall bondé de l'hôtel, il continua à fixer Belle d'un regard stupéfait, comme s'il était toujours sous le choc de la révélation qu'elle venait de lui faire.

— Ce n'est pas possible que tu sois…

Ces mots déclenchèrent une nouvelle onde brûlante

en elle, au plus intime de son corps, ce qui la mortifia davantage encore.

— Et en plus, tu rougis, dit Dante, visiblement perplexe. En fait, je suis tombé sur une légende urbaine, un genre de licorne, en quelque sorte…

3.

— On pourrait changer de sujet ? dit Belle à Dante tandis qu'il la guidait à travers la salle à manger bondée de dîneurs curieux vers un box tranquille aux lumières tamisées.

— Pas d'atermoiements. Tu as reconnu qu'on devait savoir un certain nombre de choses l'un sur l'autre, et c'est précisément le genre de renseignement qu'un homme a besoin de connaître.

— Pas dans notre situation, répondit-elle en protestant. Puisqu'on fait juste semblant.

— Et sur ce point particulier, tu fais aussi juste semblant ? demanda-t-il d'un ton agressif.

— Arrête, fit-elle entre ses dents avant de s'asseoir. Si tu continues à me chercher, je vais passer toute la soirée rouge comme une tomate.

— Tu aurais pu me dire la vérité d'emblée, dit-il en consultant la carte des vins.

Puis il passa commande au maître d'hôtel dans un français parfait.

— Pourquoi aurais-je dû te mettre au courant ? demanda-t-elle en appliquant ses mains fraîches sur ses joues dans l'espoir de calmer l'ardeur qu'elle ressentait.

— J'ai l'impression de m'être fait avoir. Comme si je m'apprêtais à jeter un nourrisson dans la fosse aux ours, répondit-il, frustré. Tu n'es certainement pas la bonne personne pour jouer le rôle de la maîtresse sexy. Je ne vois pas comment tu pourrais t'en tirer !

— Ce n'est pas parce qu'on ne connaît rien au sexe qu'on ne peut pas avoir l'air sexy, répondit-elle en chuchotant. La preuve, il y a cinq minutes, tu étais dans tous tes états.

— Si j'avais été dans tous mes états, nous serions encore dans la limousine, fit-il sèchement. Je t'ai embrassée, voilà tout. Ne te laisse pas emporter par ton imagination virginale.

— Si tu pouvais définitivement bannir ce mot de ton vocabulaire, je t'en serais extrêmement reconnaissante, dit-elle avant de se réfugier derrière le menu. Ça m'embarrasse et je regrette de ne pas t'avoir menti.

Il passa commande puis se carra dans sa chaise en fixant d'un air sarcastique les joues de Belle, toujours aussi rouges.

— Dis-moi quand même pourquoi. Des scrupules religieux ?

— Quand j'étais plus jeune, mes grands-parents ne m'encourageaient pas à traîner à droite et à gauche, nous vivions dans un quartier difficile et ils se faisaient du souci pour ma sécurité. Après, en tant qu'auxiliaire de vie, je restais le plus souvent chez la vieille dame dont je m'occupais. Ça n'a pas été une décision consciente de ma part, plutôt une absence d'occasion, dit-elle, honnête, après avoir avalé une gorgée d'eau. C'est tout ce que j'ai à dire sur le sujet.

— Et moi, ça ne me satisfait toujours pas, répondit-il avant de goûter le vin et d'indiquer au sommelier qu'il pouvait le servir.

— Ça ne te regarde absolument pas, dit-elle lorsqu'ils furent de nouveau seuls.

— Si, ça me regarde, puisque tu as fait en sorte de susciter mon désir, répondit-il. C'est seulement maintenant que je comprends que tu fais partie de ces femmes qui décident de rester blanches et pures jusqu'à leur nuit de noces.

— Je n'ai jamais dit rien de tel. Mais je n'aurais envie de partager ce genre d'intimité qu'au cours d'une relation sérieuse.

— Que je ne suis pas prêt à t'offrir.

— Bien sûr que non, répondit-elle. D'ailleurs, tu es mon employeur, impossible donc de songer à rien de tel.

Il se souvint avoir lui aussi pensé qu'il n'y avait pas de place pour le sexe dans leur arrangement. Mais dès l'instant où il l'avait touchée, quelque chose avait changé en lui. Il avait dû s'avouer qu'il la désirait et, en bon mâle guidé essentiellement par sa libido, toutes ses réserves avaient disparu. Il ne voulait plus qu'elle soit hors d'atteinte, ni qu'elle ne couche qu'avec un homme qui lui offrirait une relation sérieuse. Et comment allait-elle pouvoir se mesurer à Krystal, l'incarnation même du sex-appeal ?

— J'attends seulement d'avoir rencontré la bonne personne, reprit-elle tranquillement, en espérant que cela détendrait l'atmosphère.

— Et à quoi ressemblerait cette bonne personne ? demanda-t-il, non sans curiosité.

— Quelqu'un qui me convienne, mais je préférerais qu'on change de sujet. C'est trop intime, trop personnel. Parlons d'autre chose.

— Je suppose que cette bonne personne sera un ami des chiens, fit-il, frustré.

— Pas forcément. J'accepterai de faire des compromis, du moment que cette personne répond par ailleurs à mes attentes.

— Je suppose que la liste de tes exigences est déjà prête. Un peu comme une liste de courses, en fait.

— Pas du tout, répondit-elle en relevant le menton.

Le silence se fit et, comme l'entrée arrivait, ils se mirent à manger. Quand on apporta la suite, Belle s'était assez détendue pour refuser d'attacher trop d'importance au jugement de Dante. Il allait passer dans sa vie aussi vite qu'une étoile filante, elle aurait eu bien tort de se soucier de son opinion. Évidemment, il devait la trouver naïve et totalement démodée, mais elle, elle savait ce qu'elle voulait et ce qu'il lui fallait, et elle n'allait pas s'en excuser.

— Toi, tu ne m'as pas dit grand-chose à ton sujet, dit-elle sur un ton très calme.

— Eh bien, allons-y, répondit-il en haussant les épaules. J'ai vingt-huit ans, ma famille a fait fortune dans la banque. Mon père a épousé ma mère parce qu'elle était la fille d'un prince et qu'il en était lui-même un, titres auxquels ils accordent tous deux beaucoup d'importance, même si la République italienne ne les reconnaît plus. Ils ont eu deux enfants parce qu'ils voulaient que leur fils hérite du titre, l'héritier et la roue de secours. La roue de secours, c'était moi, fit-il avec une grimace amère. Mon frère, Cristiano, a subi beaucoup de pression pour être conforme aux désirs de mes parents. Il est entré dans la banque parce qu'ils l'exigeaient, même s'il avait envie de faire autre chose de sa vie.

— Et toi ? Qu'attendaient-ils de toi ?

— Pas grand-chose. Je ne les intéressais qu'en tant qu'assurance, au cas où il arriverait quelque chose à mon frère. Et le pire s'est produit, une tragédie. Cristiano a ruiné un fonds d'investissement de la banque et, au lieu de me demander de l'aide, il s'est senti incapable de faire face à nos parents. Il a fait une overdose… volontaire, et terminé.

Belle pâlit. Le beau visage de Dante s'était tendu en évoquant ce souvenir douloureux.

— Je suis désolée, Dante.

— Tu sais ce que mes parents m'ont dit à son enterrement ? demanda-t-il d'une voix enrouée par le chagrin. Qu'ils ne l'avaient jamais vraiment considéré comme leur fils aîné, qu'il n'était pas capable d'assumer pareille responsabilité mais que, moi, j'étais beaucoup mieux adapté pour tenir ce rôle. Ils n'avaient aucun chagrin, parce qu'ils l'avaient toujours tenu pour un raté et trouvé gênant socialement.

— Quelle horreur ! dit-elle dans un murmure en posant doucement la main sur le poing qu'il serrait sur la table. Ils ne pensaient pas vraiment une chose pareille, c'est impossible !

— Bien sûr que si, répondit-il en repoussant son assiette.

Ça ne m'a d'ailleurs pas surpris, mais, depuis, je me sens coupable de ne pas avoir pu le sauver.

— Pourquoi ?

— J'aurais dû intervenir et prendre sa relève à la banque. J'étais plus qualifié que lui pour le faire. J'aurais accepté un mariage socialement convenable pour prolonger la lignée. Mais j'ai choisi de faire ce qui me plaisait et je l'ai laissé couler. J'aurais dû lui conseiller de partir, mais il en était incapable, il avait toujours désespérément recherché l'approbation de nos parents.

— Ce n'est pas ta faute. Il a fait ce qu'il a voulu et toi aussi. Quoi qu'il arrive, l'un de vous devait se sacrifier et il a choisi de le faire, en tant que fils aîné.

— Si nous passions à un sujet moins épineux ? proposa-t-il, stupéfait d'en avoir tant dit et décontenancé par les yeux de Belle embués de larmes.

Elle avait une sensibilité à fleur de peau, exactement comme Cristiano, ce qui les rendait terriblement vulnérables.

— Oui, dis-moi où tu as fait tes études. Car je suppose que tu es allé à la fac, dit-elle avant d'ajouter en le voyant acquiescer : Tenons-nous-en pour l'instant aux faits simples que je devrais connaître à ton sujet.

Le reste du repas se passa étonnamment bien et, quand ils remontèrent dans la limousine, Belle se sentit assez calme pour ignorer l'unique paparazzi qui réussit à voler un cliché d'eux ensemble.

— Quelle est ta couleur préférée ? demanda-t-elle.

— Je n'en ai pas.

— Tout le monde en a une.

— Alors le bleu. Comme ta robe, dit-il pour la taquiner, ravi de la voir s'intéresser à des détails, comme sa date de naissance, ses sports et ses plats préférés, qu'il jugeait sans importance ni intérêt pour elle. Le bleu met tes yeux en valeur. Il va falloir que je t'achète des bijoux. Les hommes offrent toujours des bijoux à leur maîtresse, non ?

— Ne dépense rien de plus pour moi, de toute façon il faudra que je te les laisse. Je ne peux accepter de toi que des bijoux de pacotille, aussi faux que notre arrangement. On en fait de très jolis, d'ailleurs.

— Je ne vais pas t'offrir de la pacotille ! fit-il en lui jetant un regard incrédule. *Madre di Dio* ! Tu perds vraiment la tête !

— Pourquoi ?

— Aucune femme raisonnable ne suggérerait qu'on lui offre de faux diamants. Elle exigerait des pierres authentiques, surtout si c'est pour les revendre au plus vite, dit-il sèchement.

— Ce que tu as promis de me payer quand j'aurai accompli ma tâche me suffit amplement. Avec cette somme, je pourrai rentrer chez moi et repartir du bon pied.

— Laisse-moi décider moi-même de ce qui est suffisant.

Incapable de détacher les yeux de la peau tendre et satinée de sa gorge, il sentait le désir monter en lui. Il s'imagina poser les lèvres sur sa bouche à la moue boudeuse, si trompeusement séduisante et gonflée. Cette fille était une bombe de sensualité, même si elle s'obstinait à nier sa nature et se préservait pour un hypothétique héros, un homme imaginaire qui ne manquerait pas de la décevoir. Cette idée irrita Dante, sans qu'il comprenne pourquoi. Parce que c'était comme le désir qu'il ressentait pour elle ? se demanda-t-il non sans ironie. Une fois qu'il l'aurait eue, il n'aurait plus envie d'elle ; aussi valait-il mieux la laisser tranquille et s'abstenir de la toucher. Il fronça les sourcils, ce petit problème moral lui rappelait trop les scrupules de son frère, toujours beaucoup plus gentil et compatissant que lui. Mais il n'avait jamais rien eu en commun avec Cristiano, sauf le sang qui coulait dans leurs veines.

4.

— J'ai envie d'un verre, dit Dante en pénétrant dans leur suite. Tu m'accompagnes ?

— Non merci, répondit Belle en jetant un coup d'œil inquiet à la ronde. Je me demande comment va Charlie.

— Charlie va bien, d'après le texto et la photo que je viens de recevoir. Il a bien mangé et il est installé pour la nuit. J'allais te les montrer, dit-il en sortant son téléphone.

Elle se précipita pour scruter la photo, qui montrait Charlie confortablement couché en rond dans un panier douillet.

— Il a l'air tout triste, dit-elle avec un soupir. Tu as une photo des chiens de ton frère ?

— Je crains que non.

— Pourquoi n'as-tu pas essayé de leur trouver un nouveau foyer ?

— Cristiano m'a laissé une lettre où il me demandait de m'occuper d'eux.

— Il supposait sans doute que tu les garderais chez toi, dit-elle avant de se reprendre. Excuse-moi, je manque de tact.

— En plein dans le mille, répondit-il en se versant un premier verre. Va te coucher. Moi je vais rester ici, à noyer mon chagrin.

— Je ne peux pas t'abandonner si tu te sens mal, répondit-elle en lui lançant un regard troublé.

— Bien sûr que si. Je ne suis pas un gamin que tu dois prendre en charge.

Enfant, avait-il été certain que ses parents l'aimaient ? Sans doute pas, et son frère non plus. Elle se rappela les années si dures où elle n'avait ni père ni mère pour l'aimer. Heureusement, il y avait eu ses grands-parents, si affectueux et encourageants, qui avaient fait tout leur possible pour compenser le désintérêt de ses parents.

— D'après ce que tu m'en as dit, ton frère n'aurait sans doute pas aimé te savoir dans cet état d'esprit, murmura-t-elle.

Se montrait-elle trop intrusive ?

— Qu'est-ce que tu en sais ?

— Rien, reconnut-elle, mais tu te reproches des choses auxquelles on ne peut rien changer, et je doute qu'il aurait été d'accord.

C'était parfaitement exact, Dante en convint à regret. Cristiano était du genre optimiste, il avait horreur qu'on remâche les événements pénibles de la vie. Il tirait le meilleur parti de toutes les situations, même quand il s'agissait de leurs parents. Il s'était toujours montré tolérant envers eux, leur pardonnant leur mépris et leurs incessantes exigences.

— Arrête de me regarder avec ces yeux de chien battu, dit-il en s'écartant de Belle.

— Mais je voudrais seulement que tu te sentes mieux !

— Alors viens te coucher avec moi, je me sentirai tout de suite mieux, *amante*, fit-il d'une voix rauque qui la fit frémir.

— Ce ne serait pas une bonne idée, répondit-elle dans un souffle, la gorge serrée.

— Bien sûr que si, dit-il en lui prenant les mains pour l'attirer à lui. Tu aurais dû t'enfuir quand tu le pouvais.

Elle rougit, car elle n'avait jamais eu la moindre intention de le quitter. Jamais elle n'avait autant désiré un homme, et ses confidences à propos de son frère l'avaient rendu plus humain et plus vulnérable, elles avaient atténué l'antipathie qu'il lui avait tout d'abord inspirée. Et puis, grâce à lui, elle avait compris l'inutilité des préjugés au sujet des riches. L'argent ne les préservait pas des tragédies de la vie. Elle aurait sans doute mieux fait d'aller se coucher et de prendre au plus vite ses distances avec Dante Lucarelli, mais elle ne se sentait pas le courage de l'abandonner tout seul avec son verre, même si rien de ce qu'elle pourrait dire ou faire n'y changeait quoi que ce fût.

— Je sais que tu me laisseras partir si je te le demande, dit-elle en le fixant droit dans les yeux.

— Mais tu ne me le demanderas pas, parce que tu n'en auras pas envie, murmura-t-il en effleurant du doigt sa joue rose avant de le poser sur sa bouche si incroyablement sensuelle. Et ne viens pas dire que je ne t'ai pas avertie !

Se penchant vers elle, il posa sur ses lèvres un baiser si passionné que la bouche de Belle s'ouvrit d'elle-même et qu'une onde brûlante traversa son corps glacé. Elle voulait aller plus loin, elle le savait, et quand il la souleva pour l'asseoir sur ses genoux dans un fauteuil sans cesser d'explorer sa bouche de sa langue, elle ne fit rien pour s'y opposer.

— Tu as un goût sublime, dit-il, haletant. Et terriblement addictif.

Elle sentit sa main se poser sur sa cuisse, ses doigts se glisser sous sa jupe et remonter jusqu'à l'élastique de son slip. Elle ne savait pas ce qu'elle faisait, et au fond, peu lui importait. Sa seule crainte, c'était qu'il arrête.

Puis il la toucha, un simple mouvement du doigt sur ce petit bouton gonflé, et tout son corps se mit à vibrer, ses hanches à rouler langoureusement ; une sensation délicieuse et effrayante à la fois la submergea comme une énorme vague. Quand il la remit debout pour descendre la fermeture de sa robe, elle laissa échapper un petit gémissement de protestation. Alors il lui ôta prestement son soutien-gorge et serra dans ses paumes sa poitrine pleine et dressée.

Avec un grognement de désir, en proie à une extrême excitation, il prit une pointe rose dans sa bouche. C'était drôle, il se sentait comme un ado qui n'a qu'une idée en tête : se satisfaire le plus vite possible. Bizarrement, le manque d'expérience de Belle et ses réactions lui plaisaient, comme les petits cris qu'elle laissait échapper et sa façon de s'agripper à ses cheveux. La submergeant de caresses, il l'explora du bout des doigts et s'aperçut qu'elle était plus étroite encore qu'il ne s'y attendait.

Elle s'arqua contre lui en roulant instinctivement du bassin dans ses bras tandis qu'il accentuait la pression de ses doigts pour la guider vers le septième ciel. Elle frémit et se mit à crier tandis qu'il se penchait vers elle pour goûter une nouvelle fois sa bouche. Puis, un long moment, elle s'abandonna, détendue, dans ses bras, avant de reprendre peu à peu ses esprits, profondément bouleversée par ce qu'elle venait de vivre.

Elle bondit du fauteuil et le fixa droit dans les yeux.

— Si tu te retrouves une troisième fois dans mes bras, tu peux être sûre que tu finiras dans mon lit, murmura-t-il.

— Tu sais pourtant que c'est contre ma volonté, dit-elle avant de s'arrêter, les joues en feu, comprenant qu'elle aurait du mal à justifier son comportement.

— Tu auras beau dire ce que tu veux, tu as envie de moi, dit-il sans la moindre hésitation.

Il avait raison, reconnut Belle, mortifiée, en son for intérieur, sans chercher à pousser plus loin la discussion. La tête haute, elle monta dans sa chambre et, assaillie par une horrible impression de vide, referma la porte. Dante était encore en bas et chaque cellule de son corps regrettait son absence. Rien n'était aussi noir ou blanc qu'elle l'avait cru. Le désir ne s'éteignait pas à volonté, il s'imposait même de façon beaucoup plus crue qu'elle ne l'aurait imaginé. Quand Dante l'embrassait, qu'il la serrait contre lui, elle était prise d'une faiblesse qui allait jusqu'au vertige. Pourtant, désirer à ce point un homme qui n'attendait d'elle rien d'autre qu'un simple plaisir physique ne pouvait que la rendre malheureuse, elle le savait.

Pour la première fois, elle s'interrogea. Fallait-il vraiment aimer un homme pour avoir une relation avec lui ? Dante n'éprouvait aucun sentiment pour elle, mais en ce qui la concernait, la proximité qu'elle avait ressentie quand il lui avait parlé de son frère l'avait dangereusement égarée. Que lui arrivait-il donc ? Était-ce la compassion qui la poussait à le réconforter de cette façon ? Elle avait été prise de court et ne pas avoir su y mettre un terme la contrariait.

Elle resta un long moment éveillée, s'interrogeant sur ses motivations. Avec Dante, décidément, elle apprenait sur elle-même tout un tas de choses qu'elle ignorait jusque-là. Et malgré tous ses efforts, elle ne pouvait échapper à l'attirance qu'elle ressentait pour lui, ni se maîtriser quand il la prenait dans ses bras. Elle allait donc désormais devoir se tenir sur ses gardes et ne plus lui envoyer de signaux contradictoires.

.

Dante prit une douche froide. Pourquoi n'avait-il pas emmené Belle directement dans son lit ? Mais ce qui le déstabilisait davantage encore, c'était que ces préliminaires lui avaient semblé plus excitants que tout ce qu'il avait vécu avec d'autres femmes. À peine la touchait-il qu'elle répondait de façon délicieuse, ce qui le mettait dans tous ses états. Et au lieu d'être dépité qu'elle le quitte sans lui accorder la satisfaction qu'il attendait, il pensait déjà avec délice au prochain épisode où ils éprouveraient tous deux le même irrésistible désir. Alors, peut-être serait-ce lui qui partirait, pour qu'elle sache ce que cela faisait.

Tout en imaginant sans déplaisir ce scénario, il dut reconnaître qu'il n'en aurait pas le courage. Il l'avait vraiment dans la peau. Pour la première fois, il éprouvait un désir brûlant de posséder une femme particulière. Pourquoi ? Et qu'avait-elle de tellement spécial pour avoir ainsi percé ses défenses ?

Par exemple, pourquoi s'était-il laissé aller à ces confidences au sujet de Cristiano ? Évidemment, il devait renseigner Belle sur sa famille et lui expliquer pourquoi l'acquisition de cette propriété était si importante pour lui. Mais il lui avait révélé des détails qu'il aurait mieux fait de garder pour lui, à cause de ses grands yeux compatissants, et parce qu'elle s'était montrée chaleureuse et compréhensive. Elle lui jouait probablement la comédie pour se donner de l'importance à ses yeux, peut-être dans l'espoir de rester dans sa vie au-delà des deux semaines prévues ?

Le lendemain matin, Belle se réveilla en pleine forme. Elle avait eu un coup de folie la veille, il n'était pas possible de revenir là dessus et d'effacer miraculeusement cette erreur. Il ne lui restait plus qu'à garder ses distances avec Dante en s'en tenant à une relation strictement professionnelle. Mais le soleil brillait, et elle allait bientôt retrouver Charlie. De nouvelles tenues lui avaient été livrées, elle devait les essayer et faire son choix pour la journée. Elle opta pour un ensemble léger, mais fit la moue devant ses cheveux qui se remettaient à friser, comme si leur vraie nature voulait reprendre le dessus. Dante allait devoir se faire une raison et accepter qu'elle ne soit pas parfaite en permanence.

— Un bijoutier doit passer après le petit déjeuner, lui dit-il comme elle descendait l'escalier en détournant la tête car elle se sentait rougir une fois de plus sous son regard. Puis nous irons choisir des meubles et d'autres bricoles et demain, nous rentrerons en Italie.

— Des meubles ? Pourquoi ? demanda-t-elle tandis qu'ils s'asseyaient pour prendre leur petit déjeuner.

— Tu es censée t'installer chez moi, tu dois donc vouloir t'équiper. Je veux que nous ayons l'air d'un vrai couple, aux yeux de mes employés et de tout mon entourage. Personne ne doit savoir que nous faisons seulement semblant.

— La présence de Charlie rendra cette comédie plus authentique.

Dante se carra dans sa chaise pour l'examiner. Dans cet ensemble de soie qui accentuait la courbe de ses seins et mettait sa peau pâle et satinée en valeur, elle était incroyablement sensuelle et désirable. En la voyant ramener une mèche derrière son oreille et se mordiller la lèvre, il se reprit. La séduire aurait été cruel, car jamais il ne lui offrirait la relation sérieuse à laquelle elle aspirait. Il inspira lentement pour calmer son émoi et l'effet indéniable qu'elle produisait sur lui.

— Charlie ne suffirait pas. Nous allons devoir acheter des objets d'art, de jolis meubles.

— Des objets d'art ? Mais pourquoi ?

— Pour ton image. Tu dois t'intéresser à l'art, comme moi.

— Eh bien, figure-toi que je m'y intéresse, répondit-elle pensivement. Mais pas de la même façon que toi. De toute façon, je veux bien t'accompagner, Dante, mais pas question de me montrer différente de ce que je suis en réalité.

— C'est-à-dire ? demanda-t-il en fronçant les sourcils.

— Notre relation est une comédie, mais je veux rester moi-même, fit-elle sèchement. Donc pas d'objets d'art ni de mobilier à la mode. Je suis une femme ordinaire, qui travaille, je ne saurais pas me comporter comme quelqu'un de plus riche ou de plus branché.

— J'apprécie ces bons sentiments, mais, en la circonstance, je ne vois pas trop la différence…

— Parce que tu ne veux pas comprendre. Je suis comme je suis et je le resterai, c'est le meilleur moyen pour que je ne commette pas d'impairs. J'ai été dame de compagnie, serveuse, et je ne chercherai pas à le cacher.

— Mais si tu n'es pas du même monde que moi, comment pourrais-je t'avoir rencontrée ?

— Invente une belle histoire. Un soir, je t'ai servi dans un bar… Ou bien, tu m'as rencontrée en rendant visite à quelqu'un dont je m'occupais… D'ailleurs, peut-être que, si tu veux vivre avec moi, c'est justement parce que je suis différente des autres femmes que tu as fréquentées. Ne me demande pas d'occulter qui je suis, comme si je devais en avoir honte.

— Tu es vraiment bornée.

— Toi aussi.

— Donc, pas d'objets d'art, fit-il en levant les yeux au ciel. Mais il faut absolument que tu achètes quelques meubles, pour aménager une des chambres d'amis à ton goût. C'est bien ce que font les femmes quand elles emménagent chez un homme, non ?

— Comment le saurais-je ? Ça me paraît inouï de dépenser tant d'argent pour une comédie qui va durer un week-end. Mais je suppose que la propriété que tu veux acquérir en vaut la peine.

— Exactement.

— Bon, si c'est seulement pour une chambre, je peux choisir une chaise confortable, une petite table, des étagères et… des livres, dit-elle en souriant à cette perspective. Mais je ne suis pas folle des meubles flambant neufs.

— Nous irons chez les antiquaires.

— Surtout, ne me fais pas passer pour ce que je ne suis pas, dit-elle de nouveau comme pour être rassurée.

— Entendu, répondit-il, lui qui avait pourtant projeté de la présenter sous une fausse identité pour protéger sa vie privée à lui et l'anonymat de Belle. Tu crois que les médias apprécieront davantage s'ils apprennent que je m'installe avec une serveuse ?

— Avant que quiconque sache qui je suis, je serai sortie de ta vie, répondit-elle en secouant la tête, ce qui agita ses boucles rutilantes sur ses épaules.

— C'est bizarre, mais je préfère cette coiffure. Tu es beaucoup mieux que quand tu es sortie de chez le coiffeur, dit-il en se levant pour accueillir un vieux monsieur qui, mallette à la main, venait d'entrer dans la pièce en compagnie d'un vigile. Monsieur Duchamp, soyez le bienvenu.

Belle baissa la main qu'elle avait sans s'en rendre compte portée à ses cheveux. Il la préférait donc au naturel. Elle en était surprise, mais flattée.

Une heure plus tard, elle était équipée d'une montre de designer, ainsi que d'une parure – bracelet, boucles d'oreilles et collier – de saphirs et diamants. Des basiques sans lesquels, à en croire Dante, il lui aurait été impossible de tenir son rôle.

La limousine les déposa au Carré Rive Gauche, le quartier des antiquaires et des boutiques de design d'intérieur. L'excentricité de certains objets fascina Belle.

— On voit que ça t'intéresse, dit Dante.

— C'est parce qu'ils ont une histoire. Ce siège par exemple, dit-elle en désignant un fauteuil capitonné qui paraissait très confortable.

Le commerçant, qui avait identifié Dante pour le riche acheteur qu'il était, s'empressa de leur raconter l'histoire du siège qui leur plaisait.

— Très bien, nous le prenons, dit Dante en guidant Belle par le bras vers le fond de la boutique. Mais continuons : nous avons une pièce entière à meubler, et elle est plutôt grande.

Ils choisirent tour à tour un canapé, une bibliothèque indienne en bois sculpté, une table en marqueterie, un superbe miroir et un meuble bar art déco très excentrique.

— Comment la fille très ordinaire que je suis censée être pourrait-elle posséder un mobilier d'une telle valeur ? demanda Belle, amusée.

— On dira que ce sont des cadeaux que je t'ai faits, répondit Dante en souriant. J'ai aussi commandé une sélection de romans anglais classiques et contemporains.

Dans la limousine qui les ramenait à l'hôtel, il lui annonça qu'ils dîneraient à l'extérieur avant d'aller en discothèque. Elle était paresseusement en train d'examiner sa nouvelle garde-robe quand il surgit sur le seuil.

— Il va falloir changer nos projets. Un accident mortel s'est produit sur un de mes champs d'éoliennes en Bretagne, je dois me rendre sur place. Je ne sais pas quand je rentrerai, peut-être à l'aube ; mais nous partons toujours pour l'Italie demain matin.

— Un accident mortel ? demanda-t-elle, consternée.

— Oui, un technicien est tombé du haut d'une des éoliennes.

— Quelle horreur ! Tu vas aller voir sa famille ?

— Oui, répondit-il d'un ton grave. Et vérifier que les consignes de sécurité ont bien été respectées. Il va falloir mener une enquête.

Belle dîna en solitaire dans leur suite, avant de monter prendre une douche et enfiler son pyjama. Elle allait redescendre l'escalier quand elle succomba à la curiosité et entra dans la chambre de Dante. Celle-ci était parfaitement en ordre, sans la moindre trace de son départ précipité. Elle n'était pas venue pour fureter mais pour savoir si ses soupçons étaient fondés. Et ils l'étaient : il y avait bien une baignoire dans cette somptueuse suite, mais elle se trouvait dans la salle de bains attenante à la chambre du maître de maison. La baignoire de ses rêves, avec en prime une merveilleuse vue sur Paris.

Elle avait toujours adoré les baignoires, mais cela faisait des années qu'elle n'avait pas pris de bain. De nos jours, tout le monde faisait installer une douche. La famille de Mme Devenish avait supprimé l'antique baignoire originelle pour la remplacer par une douche où la vieille dame pouvait en toute sécurité s'asseoir sur un siège. Belle, elle, regrettait ce luxe. Mais de là à oser utiliser la baignoire de Dante en son absence… Cette idée, pour tentante qu'elle fût, lui parut trop audacieuse et elle préféra aller regarder la télévision.

Pourtant, vers 10 heures du soir, titillée par le souvenir de la baignoire, elle éteignit la télé, et décida d'en profiter. La salle de bains était pourvue de flacons sophistiqués dont elle testa les contenus et usa en abondance avant de relever ses cheveux et de remplir la baignoire d'une eau parfumée où elle pénétra avec délice. La tête appuyée à un coussin, elle avait l'impression d'être au paradis et, pour la première fois depuis des mois, de pouvoir enfin se détendre.

Un bruit l'arracha au sommeil. En voyant l'eau déborder bruyamment autour d'elle, elle se redressa et mit un moment à comprendre ce qui se passait. Elle se trouvait toujours dans la salle de bains de Dante. Il y eut un bruit de pas précipité dans l'escalier, et elle se figea avant de fermer le robinet, de retirer à la hâte la bonde pour évacuer l'eau et de se relever, paniquée. Elle s'enveloppa précipitamment dans un drap de bain gris, mais glissa sur le carrelage et faillit tomber. Comment avait-elle osé profiter de cette salle de bains, qu'elle s'était juré de laisser immaculée pour que personne ne sache qu'elle l'avait utilisée ? Mais désormais, impossible de garder le secret : les éclaboussures et ses empreintes sur le carrelage allaient forcément la trahir.

À son retour, Dante était d'humeur morose. La rencontre avec la famille de la victime avait été terrible, d'autant qu'il avait appris que le technicien était sujet au vertige mais l'avait caché de peur de perdre son emploi. En arrivant, il remarqua que la porte de sa chambre était ouverte et Belle, le visage rouge vif, en sortit enveloppée dans un drap de bain et serrant ses vêtements en boule contre sa poitrine. Elle avait l'air si coupable et si gênée que c'en était comique.

— Qu'est-ce que tu fais là ? demanda-t-il en s'efforçant de dissimuler son hilarité.

— Ta… Ta chambre a une baignoire, contrairement à la mienne. Alors je me suis dit que, puisque tu n'étais pas là… ça te serait égal… Mais je n'ai pas eu le temps de nettoyer… Je voulais sortir avant que tu arrives.

— Hélas, je suis rentré trop tôt.

— Je me rhabille et je reviens nettoyer tout de suite, répondit-elle sur un ton piteux, les joues en feu. Je te jure que je n'ai pas fouillé. Tu ne vas pas me croire, mais je n'ai même pas jeté un coup d'œil dans ta chambre, seulement, comme ça faisait très longtemps que je n'avais pas pris de bain, je n'ai pas pu résister.

Il ne pouvait détacher le regard de son petit corps rebondi que dissimulait mal la serviette qu'elle avait pourtant serrée au maximum, ce qui accentuait encore les rondeurs de ses seins. Il avait déjà touché cette peau pâle, semée de taches de rousseur, il y avait même goûté, ce qui ne faisait qu'accroître son désir de renouveler l'expérience. Elle avait relevé sa chevelure en une masse de boucles flamboyantes, et les mèches qui s'en échappaient soulignaient l'ovale parfait de son visage empourpré, ses grands yeux violets et sa bouche sensuelle. Ce fantasme qui prenait vie le fit immédiatement durcir. C'était exactement le dérivatif dont il avait besoin après la rude journée qu'il venait de passer.

— Tu es superbe, dit-il d'une voix rauque.

Et c'était vrai : malgré ses joues écarlates, sa gêne, ses pieds nus, malgré sa petite taille, il émanait d'elle une force vibrante, pleine de vie et d'assurance.

— J'ai du mal à le croire… Simplement, tu es un homme et avec ce drap de bain…

En réalité, elle avait terriblement envie de le croire et elle le savait pertinemment.

— Pas du tout, c'est toi ! Tu es…

Puis il se rappela qu'elle ne devait travailler pour lui que deux petites semaines.

— Oublie ces règles stupides ! dit-il. Fais comme si tu étais avec moi parce que tu en avais envie.

Elle avait beau être terriblement tendue, elle n'en sentit pas moins tout son corps frémir et sa respiration s'accélérer. Elle ne s'attendait pas à ce qu'il réagisse de façon aussi… basique, en quelque sorte.

— Laisse-toi vivre, dit-il en fermant la porte.

Puis il traversa la pièce, et débarrassa Belle des vêtements qu'elle serrait contre elle pour les laisser tomber par terre.

— Mais je travaille pour toi, protesta-t-elle en resserrant contre elle le drap de bain pour l'empêcher de glisser.

— Aucune Cour européenne ne reconnaîtrait jamais que notre petit arrangement constitue un travail au sens strict du terme. Nous n'avons donc pas à nous soucier de ces règles stupides qui ne s'appliquent pas à notre situation.

« Laisse-toi vivre. » Ces paroles avaient terriblement ébranlé Belle, qui était très consciente d'avoir fort peu vécu en vingt-deux ans. Elle était passée à côté des expériences de l'adolescence et avait mûri avant l'âge parce qu'il lui avait fallu faire face à une fin de vie, gérer les factures avec un petit budget et supporter le deuil. Devant ses grands-parents âgés, elle avait toujours agi de manière raisonnable et assumé les innombrables obligations qui lui étaient imposées. Des règles qu'elle continuait à observer, dut-elle reconnaître, non sans regret.

— Je sais que je ne suis pas vraiment l'homme que tu aurais choisi, si tu avais eu le choix, dit-il dans un murmure. Mais en ce moment, c'est quand même de moi que tu as envie…

Soudain, la cacophonie de voix qui, dans la tête de Belle, lui disaient de faire marche arrière, de retourner dans son lit et de ne pas prendre ce risque, se dissipa. Oui, il avait raison, elle avait envie de lui et c'était même le seul homme dont elle ait jamais eu envie. Si elle renonçait à ce désir, peut-être une telle occasion ne se représenterait-elle plus, et cela lui semblait infiniment lâche et triste. Si Dante avait percé ses défenses, c'était qu'au final, il avait vu juste : « C'est quand même de moi que tu as envie. »

— C'est vrai, reconnut-elle d'une voix tremblante.

— Et c'est tout aussi vrai que j'ai envie de toi, dit-il dans un souffle en la prenant dans ses bras pour la déposer sur le lit. Ne compliquons donc pas davantage les choses.

5.

Dante avait eu beau dire, la situation était beaucoup plus compliquée qu'il le prétendait, songea Belle en le regardant dénouer sa cravate et ôter sa veste. Où tout cela allait-il les mener ? À une aventure d'une nuit ? Et ensuite, ils continueraient comme si de rien n'était ? Un seul rapport sexuel suffirait-il à leur faire oublier l'attirance mutuelle qu'ils ressentaient ? Comment savoir ?

En tout cas, elle se retrouvait allongée sur un lit, enveloppée d'une serviette humide dont elle aurait mieux fait de se débarrasser, même si elle n'avait pas l'audace de le faire. Évidemment, la nuit précédente, elle s'était déjà retrouvée à moitié nue entre les bras de Dante, mais c'était différent : dans la chaleur du moment, elle avait complètement perdu la tête et s'était sentie incapable de raisonner efficacement. Pourtant, de telles pensées ne venaient qu'après coup et le spectacle de Dante en train de se déshabiller ne l'aidait pas à réfléchir calmement.

Il était dans une forme éblouissante, et elle bouche bée devant la musculature impressionnante qui se devinait sous sa peau hâlée. Tandis qu'il se baissait et se relevait pour se débarrasser de sa chemise, de ses chaussures et de ses chaussettes, chacun de ses gestes mettait en valeur son corps mince et vigoureux. Son pantalon lui tombait un peu sur les hanches, dissimulant l'intrigante ligne de duvet noir qui partait de son nombril. Il était beau comme une statue qui aurait pris vie, et elle ferma prudemment les yeux au moment où il enlevait son pantalon. Mais elle avait senti et remarqué son érection, et il dardait sur elle un regard de prédateur. Pas question d'avoir l'air embarrassée devant sa nudité ni de rougir comme une vierge pour qu'il se moque encore une fois d'elle.

— Tu ne bouges pas plus qu'une souris, dit Dante en tirant doucement sur le drap que Belle maintenait serré contre sa poitrine.

Jamais il ne s'était senti aussi excité et il devait lutter en permanence pour se contrôler.

— Il y a trop de lumière, fit-elle tout bas en écarquillant ses grands yeux violets.

Il se leva pour diminuer l'éclairage.

— Tu préfères comme ça ?

Elle acquiesça nerveusement. Maintenant qu'il était allongé sur le lit, complètement nu, elle se sentait plus troublée que jamais.

— Je ne veux pas que tu aies le moindre doute sur ton consentement, dit-il. Pas le moindre regret de partager mon lit. Ni, surtout, l'impression que je t'exploite.

— Bien sûr que non, répondit-elle en levant malgré elle la main pour effleurer son visage mince à la sombre beauté.

Elle laissa courir ses doigts sur son front et lissa ses épais cheveux noirs.

La chaleur qui émanait d'elle… Autant être honnête, ce qui avait eu raison de son habituelle réserve, c'était cette chaleur naturelle, cette affection si évidente qu'il en avait eu le cœur serré, la veille. En découvrant qu'elle lui faisait cet effet, qu'une femme pouvait avoir ce genre de pouvoir sur lui, il s'était senti terriblement vulnérable. Pourtant, malgré sa raison qui lui intimait de faire marche arrière, de se soustraire à pareille influence jusqu'à ce qu'il soit de nouveau en mesure de la contrôler, il était au lit avec Belle, l'embrassant comme si sa vie même en dépendait.

Tandis qu'il écrasait sa bouche entrouverte avec une passion qui lui mettait le corps en feu, Belle eut l'impression d'être traversée par un courant de haut voltage. Elle était consciente de chacun de ses nerfs, de chaque point de contact de sa peau avec le corps brûlant et musclé de Dante.

— C'est le meilleur moment de cette journée, *cara mia,* dit-il en écartant les boucles qui lui tombaient sur les yeux.

Le drap de bain avait disparu sans qu'elle s'en aperçoive, découvrit-elle à regret. Une main remonta le long de ses côtes pour caresser ses seins pâles et en masser la pointe d'une façon qui la fit frémir jusqu'au creux du ventre ; une tiède humidité sourdait entre ses cuisses.

De la langue, il agaça les pointes de ses seins avant d'en sucer le bout gonflé. Malgré elle, elle souleva le bassin, mais il la cloua sur le matelas d'un baiser passionné. Elle s'agrippa à ses cheveux tandis qu'il s'installait au-dessus d'elle, et se blottit contre lui sans la moindre anxiété car jamais elle n'avait ressenti un tel désir, un tel sentiment de nécessité. Son odeur, si virile, avec un soupçon d'eau de Cologne épicée – une odeur qui lui semblait déjà familière – excitait encore son désir.

Il lui écarta les cuisses et y enfouit sa bouche avec une ferveur si intime qu'elle en fut choquée.

— Tu as un goût délicieux, dit-il tandis qu'elle frémissait de tout son corps, ne sachant si elle préférait qu'il s'arrête ou qu'il continue.

Cette sensation exquise la faisait haleter, pousser de petits gémissements et se tortiller, elle dut lutter pour se maîtriser. Elle était dévorée par le plaisir qui montait du centre de son être comme un ouragan, la tension en elle se fit de plus en plus forte jusqu'au moment où tout explosa dans un feu d'artifice de sensations. Son corps palpita dans l'extase.

— Si ça te fait mal, dis-le-moi, je m'arrêterai, dit Dante en se glissant au-dessus d'elle.

— Oui, balbutia-t-elle, encore perdue dans les vertiges du plaisir qui l'avait submergée, en sentant contre elle son sexe dressé aussi dur et déterminé qu'elle était tendre et douce et prête – oui – à le recevoir.

Ses doutes s'étaient évanouis et elle avait pleinement confiance en l'expérience de Dante, dont le regard doré était rivé au sien.

Elle s'agrippa à ses épaules hâlées et une sensation étrange la traversa tandis qu'il entrait doucement en elle et que son corps étroit lui faisait place. Elle se mit à trembler d'excitation avant de pousser soudain un cri de douleur.

— Je te fais mal ?

— Non ! Continue !

— Il faut que tu te détendes. Plus tu seras tendue, plus ce sera difficile, dit-il.

Les nerfs à vif à force d'excitation, elle s'efforça de se détendre, et il s'enfonça de nouveau. La douleur restait vive, mais elle enfouit le visage contre son épaule et la supporta en silence. Heureusement, ce fut bref, elle l'entendit pousser un grognement de satisfaction tandis qu'il s'enfonçait plus profondément, et soudain, elle eut l'impression que quelque chose se dénouait en elle.

Reprise par l'excitation à chaque poussée du bassin de Dante, le cœur battant à se rompre, elle sentait un élan sauvage se déchaîner en elle. Elle noua les jambes autour de sa taille pour mieux combler le désir qui la tenaillait. Un nouvel orgasme fit palpiter son corps, provoquant une extase et une détente complète tandis que Dante éjaculait en poussant un grognement de satisfaction virile. Puis tout redevint calme.

— Incroyable ! dit-il en roulant sur le dos, l'entraînant avec lui, ses yeux dorés et brillants comme des flammes plongés dans ceux de Belle. C'est incroyable ! Et pour toi, ça a été ?

Trop troublée pour formuler le moindre commentaire, elle acquiesça de la tête. Il l'observa en lui caressant les cheveux.

— On dirait qu'un courant électrique est passé dans tes cheveux, *amante mia*.

Elle lui sourit, sans doute n'avait-il pas tort, sauf que c'était tout son corps qui lui avait paru électrisé par Dante.

— C'est toujours comme ça le matin quand je me lève.

— J'aime tes cheveux, dit-il en se glissant hors du lit pour aller à la salle de bains.

— Mais où ça va-t-il nous mener ? demanda-t-elle sans réfléchir.

Il se figea. Il aurait évidemment dû y penser et tenir compte du manque d'expérience de Belle. Elle avait envie de savoir ce qui allait se passer, mais personne ne pouvait le deviner. Sauf que, pour lui, en général, c'était assez prévisible. Après avoir couché avec une femme, il se lassait généralement d'elle, il la quittait et elle rentrait chez elle.

— On va continuer comme on a commencé. Je vais te donner un autre bain.

« On va continuer comme on a commencé. » Qu'est-ce que ça voulait dire ? Elle était de plus en plus perplexe. Car au départ, il s'était agi d'un arrangement d'ordre professionnel entre deux étrangers. Voulait-il dire qu'ils allaient en revenir à ce type de relation ? Et comment formuler son envie de clarifier la situation ? Elle ne voulait surtout pas donner l'impression qu'elle avait besoin d'être rassurée ni qu'elle allait s'accrocher à lui comme toutes les autres, les femmes crampons. Quel était le comportement correct en pareille circonstance ? Devait-elle se lever et retourner dans sa chambre ? Mais alors, pourquoi avait-il proposé de lui faire couler un bain ? Agacée, elle ravala un bâillement. Elle était trop ensommeillée, trop bien, pour avoir envie de bouger.

— Nous avons un problème, dit-il sur le seuil de la salle de bains, avec une intonation bizarre qui la fit se relever en appui sur le coude. Le préservatif s'est déchiré.

Elle pâlit et passa une main hésitante dans ses boucles cuivrées. Ses yeux violets s'élargirent et ses taches de rousseur ressortirent sur la blancheur de sa peau.

— Déchiré ? répéta-t-elle d'une voix tremblante.

— Ça arrive, répondit-il, et ses traits se durcirent sous son hâle. Mais ça ne m'était jamais arrivé encore. Peut-être me suis-je montré trop passionné. Tu utilises un moyen de contraception ?

— Pourquoi le ferais-je ? demanda-t-elle en rougissant.

— J'aurais dû te poser la question. Les femmes prennent parfois la pilule pour des motifs autres que contraceptifs, dit-il.

Puis, sans autres commentaires, il tourna les talons et entra dans la salle de bains.

Elle s'assit et resta un moment immobile avant de se glisser hors du lit. La douleur entre ses cuisses lui rappela qu'elle venait de faire l'amour pour la première fois de sa vie. Mais en cédant à cette impulsion audacieuse, elle avait sans doute également commis une grosse erreur. Quelle tristesse. Jamais il ne lui était venu à l'idée d'utiliser un contraceptif en prévision d'une telle éventualité. Et jamais elle n'aurait imaginé faire l'amour avec quelqu'un du genre de Dante. Elle s'était dit qu'elle ne le ferait qu'avec un homme avec qui elle aurait noué une relation sérieuse, ce qui lui aurait laissé tout le temps de prendre ses précautions.

Car personne ne savait mieux qu'elle, enfant illégitime et sans doute fruit d'un accident de contraception, qu'il fallait absolument se prémunir contre tout risque de grossesse et toujours envisager la possibilité de faire naître un enfant.

Son père, Alastair Stevenson, ne l'avait nullement désirée… Aucun de ses parents, d'ailleurs, ne l'avait désirée ! Alastair avait eu une brève liaison avec sa mère et ils avaient rompu avant même que Tracy annonce à son ancien amant qu'ils avaient conçu un enfant. Elle lui avait juré que la grossesse était absolument accidentelle et qu'elle prenait la pilule. Pourtant Alastair Stevenson avait clairement laissé entendre à Belle, lors de leur unique rencontre alors qu'elle avait treize ans, qu'il doutait fort que cette grossesse ait été un accident. Et en toute équité, et connaissant Tracy, Belle en doutait également : il était très possible que sa mère ait jeté son dévolu sur Alastair et ait tout fait pour tomber enceinte et mettre ainsi le grappin sur un mari nanti.

Belle, pâle comme la mort, s'enveloppa de nouveau dans le drap de bain resté en boule au pied du lit. Allait-elle, elle aussi, devoir élever seule un enfant auquel son père n'accorderait pas le moindre intérêt ? Être confrontée à un père qui ne s'était jamais soucié d'elle ne l'avait pas aidée à se construire une image positive d'elle-même. Il avait d'ailleurs toujours considéré sa naissance comme un simple accident qui lui avait coûté une petite fortune en pension alimentaire… Même si ce père fortuné, un banquier à la réussite éclatante, s'était acquitté sans renâcler de cette obligation.

Dante était soulagé d'avoir proposé à Belle de lui faire couler un bain. Jamais il n'avait eu ce genre d'attention pour une femme auparavant, mais après lui avoir pris sa virginité – sans lui faire trop mal, il l'espérait –, il devait faire un effort de galanterie. Pourtant, il se sentait nerveux et distrait, et regrettait amèrement de ne pas avoir fait pratiquer la vasectomie qu'il avait envisagée quelques années plus tôt. Cristiano l'en avait dissuadé, mais Dante s'était toujours refusé à donner à ses parents l'héritier qu'ils réclamaient à cor et à cri pour assurer la génération suivante de leur précieuse dynastie. Ils avaient été des parents si désastreux que, Dante en était convaincu, il serait tout aussi incapable qu'eux d'assumer positivement ce rôle. Certain de manquer de cœur et d'affection, il se refusait à avoir des enfants.

Mais si Belle tombait enceinte ? Que souhaiterait-elle faire ? Même si elle adorait moins les enfants que son petit bâtard, l'horrible Charlie, elle voudrait sans doute mener sa grossesse à terme. Et alors, que cela lui plaise ou non à lui, il se retrouverait père et devrait assumer ses responsabilités.

— Ton bain est prêt, dit-il au seuil de la salle de bains. Moi, je vais prendre une douche.

— Que ferons-nous si… ? fit-elle en se levant.

— Nous verrons bien, le moment venu, répondit-il en lui jetant un regard sombre. Ça ne servirait à rien de se tracasser pour le moment.

Dante n'avait pas tort, se dit Belle en s'installant dans la baignoire. Pourtant, elle était incapable de se détendre parce qu'elle était trop fascinée par son visage arrogant, qu'elle apercevait au-dessus du mur qui la séparait de la douche. Devait-elle envisager de prendre la pilule du lendemain ? Mais si sa mère, Tracy, l'avait fait, elle-même ne serait pas née. Une pensée plutôt dérangeante. Pourtant, quand Alastair Stevenson avait refusé d'épouser Tracy comme celle-ci l'avait espéré, elle avait perdu tout intérêt pour l'enfant à naître. Elle n'avait jamais accepté l'abandon de son amant, et encore moins les dégâts infligés par la grossesse à sa silhouette jadis parfaite. Et elle avait reporté cette terrible amertume sur sa fille.

Belle ne resta pas longtemps dans la baignoire, elle se glissa discrètement hors de la salle de bains et enfila son pyjama en toute hâte pour regagner sa chambre aussi vite qu'elle le put. S'il y avait jamais eu quelque chose entre Dante et elle, cette amorce de communication avait complètement disparu. Son visage fermé exprimait clairement tout ce qu'elle avait besoin de savoir sur ses sentiments quant à une hypothétique grossesse. Il ne voulait pas en entendre parler ni même seulement y penser. Et sur ce point, il n'était pas différent de n'importe quel jeune célibataire confronté au même problème, ce qui n'avait d'ailleurs rien d'anormal. Ce n'était pas comme s'il avait été amoureux d'elle ou s'il l'avait un peu mieux connue.

Elle jeta sur le luxe de la chambre un regard désenchanté. Dante et elle n'étaient pas du même monde. Son père et sa mère à elle l'avaient toujours ignorée, elle n'avait guère d'amis et quand Dante l'avait rencontrée, elle dormait dans un camping-car et travaillait comme serveuse. Lui, au contraire, se déplaçait en limousine, portait des costumes sortis de boutiques de luxe et avait passé plus de la moitié de sa vie à étudier. En comparaison, elle n'était qu'une rien du tout.

Pourquoi avait-elle donc fini par coucher avec lui ? Pourquoi s'était-elle laissé tenter ? Pour avoir l'impression de vivre un peu ? De vivre un peu et ensuite de passer le reste de sa vie à le regretter, conclut-elle, désespérée…

6.

Dante travaillait depuis l'aube. Quand Belle finit par se montrer, elle lui adressa un grand sourire depuis le haut de l'escalier. Un sourire terriblement contraint, et il fut ravi de pouvoir la percer à jour : elle avait un visage si expressif qu'il lui était impossible de rien dissimuler. Des cernes plombaient ses yeux violets, elle n'avait certainement pas mieux dormi que lui, même si elle l'avait laissé seul dans son lit. Il n'était pas habitué à ce que les femmes le prennent par surprise, contrairement à Belle qui, la nuit précédente, avait profité du moment où il prenait sa douche pour filer. Eh bien, elle n'aurait pas l'occasion de lui refaire ce coup-là en Italie, se dit-il avec un certain plaisir. Désormais, elle serait bien obligée de dormir dans son lit.

— Tu as une demi-heure pour déjeuner, dit-il d'une voix douce en contemplant ses yeux pailletés d'étincelles et sa chevelure qui brillait au soleil.

Avec ses sneakers de toile, son pantalon rayé et son haut blanc, elle avait l'air d'un marin en goguette. D'un œil averti, il détailla sa silhouette élégante et durcit instantanément en se rappelant l'ardeur dont elle avait fait preuve la veille au soir.

— J'ai une faim de loup, dit-elle sans façon en s'asseyant à table tandis que le maître d'hôtel faisait son apparition pour prendre sa commande. Mais j'ai trop envie de revoir enfin Charlie.

— Nous passerons le chercher sur le chemin du retour. À propos, j'ai demandé qu'on fasse tes bagages.

Elle acquiesça en souriant tandis qu'on lui apportait une théière, mais le regard d'or sombre de Dante la déstabilisait. Pourquoi la fixait-il ainsi et que lui voulait-il ? Bien décidée à ne pas se tourmenter pour un problème qui ne se poserait peut-être jamais, elle avait approuvé sa décision de voir venir. En même temps, elle n'avait pu s'empêcher pendant la nuit d'avoir des pensées qui auraient sans nul doute horrifié Dante : elle s'était par exemple imaginée en jeune mère et, pour quelqu'un qui n'en avait jamais vraiment eu une, cela n'avait pas été facile. Mais elle était néanmoins bien décidée à faire face, ainsi qu'elle l'avait toujours fait quand les hasards de la vie l'y avaient contrainte.

Plus elle pensait à la façon dont elle se comporterait en tant que mère, très différemment de ses propres parents, cela au moins était certain, plus elle aimait la vague image de ce bébé. Un petit garçon ou une petite fille, peu lui importait, mais elle adorait infiniment les enfants et l'idée d'avoir une famille à elle lui réchauffait le cœur. C'était d'ailleurs le meilleur parti à prendre : transformer le négatif en positif et être prête à tout, quoi qu'il arrive.

— Quand saurons-nous ? demanda tranquillement Dante.

Elle comprit qu'ils étaient en phase et rougit.

— Dans une dizaine de jours.

— Nous ferons le test dès que possible, répondit-il sur le même ton mesuré.

Elle avala son croissant en un temps record. Le calme de Dante lui mettait les nerfs à vif, comme le fait qu'il lui dissimule ce qu'il éprouvait et joue les hommes d'affaires froids et distants après le moment de passion qu'ils avaient partagé la veille. D'un autre côté, il n'aurait été ni aimable ni poli de montrer toute l'horreur que lui inspirait la situation délicate dans laquelle ils se trouvaient. En vérité, c'était elle qui n'était pas raisonnable d'espérer de lui autre chose que ce détachement affecté.

Dante regarda le croissant disparaître dans la bouche de Belle et le bout de sa langue passer sur sa lèvre. Elle savourait sa viennoiserie sans cacher son plaisir. Puis elle redressa légèrement la tête, ferma les yeux pour s'étirer, et son haut de jersey se tendit sur ses seins rebondis. Cette façon d'apprécier la nourriture était très excitante et il s'émerveilla de sa capacité à rendre si sexy les actes les plus banals. Désemparé par sa propre réaction, il s'interrogea. Pourquoi le souvenir de leurs ébats ravivait-il encore son désir au lieu de le tempérer, comme c'était en général le cas ?

Surprise par l'intérêt qu'il semblait lui témoigner malgré son silence, elle le fixa par-dessus la table. Il ne la quittait plus des yeux.

— Que se passe-t-il ? demanda-t-elle en voyant son visage se crisper.

— J'ai toujours envie de toi, dit-il à mi-voix. En fait, si on avait le temps, je serais bien remonté tout de suite avec toi !

Elle le fixa, décontenancée, et avala de travers sa dernière bouchée de croissant. Prise d'une quinte de toux, elle but une gorgée d'eau pour s'éclaircir la gorge. Eh bien, concernant la suite des événements, elle venait d'avoir une réponse, mais jamais elle n'aurait pensé l'obtenir de façon aussi directe.

— Je suis un… passionné. Ça ne changera pas, fit-il d'une voix rauque. J'espère que tu éprouves la même chose.

Elle sentit son visage s'empourprer et se mordilla un instant la lèvre en sentant une tiède humidité sourdre entre ses cuisses et les pointes de ses seins se dresser contre son haut.

— Euh… Oui.

— Tu vois, dit-il d'un air satisfait, entre nous, il n'y a rien de compliqué.

Intelligent comme il l'était, comment pouvait-il se montrer si obtus ? Car leur relation était au contraire en train de devenir extrêmement compliquée, non seulement à cause du risque de grossesse, mais aussi en raison de sa volonté de coucher de nouveau avec elle malgré cet incident.

— Tu crois que je jouerai ta maîtresse de façon plus convaincante si je le suis pour de bon ? demanda-t-elle.

— Si je ne t'avais pas désirée, je ne serais pas ici avec toi, répondit-il, direct. Et je t'ai désirée dès l'instant où je t'ai vue.

Heureuse qu'il le reconnaisse, elle se tortilla sur son siège.

— Il est évident qu'il y a une forme d'alchimie entre nous, dit-il. De toute façon, j'aurais eu beaucoup de mal à faire semblant de vivre avec une femme qui ne m'aurait pas attiré.

— Évidemment, dit-elle.

Mais elle ne lui demanda pas s'il lui arrivait souvent de désirer une femme au premier coup d'œil. C'était sans doute le cas dix fois par jour ou davantage. Que c'était agaçant, de mordre à l'hameçon dès qu'elle était en sa présence. Elle s'inquiétait de chacun des mots qu'il lui adressait, elle qui, jusqu'à présent, adoptait une attitude froide et distante dans ses relations avec les hommes.

Mais avec Dante, tout était différent. Avec Dante, *elle* était différente. Il avait quelque chose de plus que tous les autres hommes qu'elle avait connus, il était plus beau, plus intelligent, plus sophistiqué, et incomparablement plus riche. Et, elle devait bien le reconnaître, elle aurait aimé être pour lui autre chose qu'une simple passade, même si ce désir la révoltait. Leur arrangement n'avait aucun avenir, et la dernière chose dont elle avait besoin, c'était bien de s'attacher à lui ou de nourrir des attentes irréalistes. Dans la vraie vie, Cendrillon épousait très rarement le prince.

— Les gens qui me connaissent vont déjà être stupéfaits que j'installe une femme chez moi, dit-il en se passant une main impatiente dans les cheveux. Je n'ai jamais caché mon manque d'intérêt pour le mariage et mon désir de vivre en toute liberté. Il va donc falloir nous montrer très convaincants en tant que couple stable.

— Toutes ces précautions me rendent très curieuse ! Tu sembles accorder beaucoup d'importance à cette affaire, et à la transaction qui en dépend. Ce doit être vraiment très sérieux pour que tu y consacres tant d'énergie.

— Le mari de Krystal, Eddie, possède une propriété que je tiens à récupérer.

— Récupérer ? demanda-t-elle, surprise.

Que voulait-il dire par là ?

— Oui, elle appartenait à mon frère, qui y était très attaché. Mes parents l'ont vendue pendant que je faisais des affaires à l'étranger. Ce ne sont pas de grands sentimentaux.

— Pourquoi ne leur as-tu pas directement racheté cette propriété ?

— Ils en auraient profité pour exiger que je me plie à leur volonté et je ne veux pas me retrouver en position délicate vis-à-vis d'eux, répondit-il d'une voix contrainte, les yeux rivés aux valises qu'un employé de l'hôtel transportait sur un chariot en direction de l'ascenseur. Mais je crois qu'il faut qu'on y aille.

Dante, qui passa tout le vol à travailler, leva à peine les yeux de son ordinateur tandis que Belle réfléchissait à la situation qu'elle allait affronter, la « fosse aux serpents », comme il l'avait décrite. Elle allait se trouver confrontée à des personnages odieux, semblait-il, les parents indignes de Dante et son ex, teigneuse et embarrassante. Mais après tout… S'il ne s'entendait pas avec ses parents, tout issus de la noblesse qu'ils soient, sans doute n'aurait-elle pas à les rencontrer. Mieux valait donc se concentrer sur ses prochaines retrouvailles avec Charlie.

À la sortie du couloir VIP de l'aéroport, ils furent accueillis par un concert de cris. Le tohu-bohu des journalistes et des photographes ramena immédiatement Belle à la réalité.

— Prends l'air heureux, lui glissa Dante à l'oreille en la prenant par le bras.

Elle se mit à sourire et tous les flashs se déclenchèrent. Dante ne s'arrêta pas pour répondre aux questions qui fusaient de toute part, et le personnel de la sécurité les escorta jusqu'à la limousine qui les attendait.

— Tu es une vraie célébrité, en Italie. Tu aurais dû me prévenir.

— Les paparazzis s'intéressent bêtement à ma vie privée, mais, pour une fois, je vais de mon plein gré leur donner quelque chose à se mettre sous la dent… grâce à toi.

— Qu'ai-je à voir dans tout ça ?

— Tu as insisté pour que je te laisse être toi-même, alors, conformément à ton vœu, quand ils ont demandé des renseignements sur toi, mes attachés de presse leur ont dévoilé que tu étais serveuse et que je t'avais rencontrée en France. La presse adore ce genre de romance à l'eau de rose, répondit-il avec un sourire cynique.

— Je ne m'attendais pas à ce que le public s'intéresse à ce point à ta vie, dit-elle.

Devait-elle regretter d'avoir tant insisté pour accompagner Dante sous sa véritable identité ?

Et si son père à elle obtenait de ses nouvelles en lisant le journal ? Certes, elle ne l'imaginait pas lisant la presse à sensation, mais, au fond, que savait-elle de lui ? Si peu. Heureusement, seuls les journaux italiens la mentionneraient. Néanmoins, l'idée qu'Alastair Stevenson puisse apprendre qu'elle vivait avec un milliardaire la chagrinait ; il en conclurait certainement qu'elle marchait sur les traces de sa mère. Pas question qu'il y voie une justification de ne pas entretenir de relations normales avec elle. Elle souffrait encore qu'il l'ait rejetée, comme si elle était responsable des erreurs de sa mère.

Lorsque Belle arriva dans le chenil de luxe, Charlie lui fit la fête comme s'ils avaient été séparés des mois durant. Elle le caressa pour le calmer, puis se tourna vers Dante.

— Puisque nous sommes ici, si nous allions dire bonjour aux chiens de ton frère ?

— Je ne crois pas qu'ils…, fit-il en fronçant les sourcils.

— Allons, sois gentil ! Imagine un peu comme ils

doivent s'ennuyer toute la journée. Ils vont être tellement heureux d'avoir de la visite.

Il écarta les bras en un geste de frustration et d'agacement.

— Cinq minutes, alors… D'ailleurs, tu n'en demanderas pas plus, tellement ces bestioles sont mal élevées !

— Nous allons mettre Charlie dans sa cage de transport pendant que nous irons les voir. La vue de ce chien bizarre risquerait de les perturber, dit-elle en faisant entrer Charlie dans la caisse. Mais tu sais, Dante, les chiens peuvent très bien être éduqués. Après un petit dressage, tu les trouveras sans doute parfaitement acceptables. Je veux bien t'aider, si tu veux.

— Pas question de les ramener chez moi ! dit-il, agacé.

Ainsi, s'il donnait le petit doigt à Belle, elle lui prenait tout le bras.

— J'ai compris, répondit-elle calmement en tentant d'évaluer le temps qu'elle mettrait à le faire changer d'avis.

Le propriétaire du chenil les guida vers une autre partie du domaine.

— Ils vont te sauter dessus et te mettre des poils partout, fit Dante, furieux de devoir se plier à ce nouveau caprice.

Elle ne s'était pas demandé quelle race de chien possédait le frère de Dante et, à sa grande surprise, découvrit deux minuscules chihuahuas à poil ras, l'un brun et l'autre noir et blanc, douillettement installés dans un extravagant panier rose. Ils en sortirent précipitamment et se ruèrent sur Dante avec un enthousiasme qu'il était loin de partager, mais Belle s'accroupit en travers de leur chemin. Quelques secondes plus tard, elle serrait dans ses bras les deux chihuahuas tout excités et elle s'assit à même le sol du couloir sous les yeux incrédules de Dante pour les rasséréner d'une voix tranquille mais ferme.

— Tu veux les prendre, maintenant qu'ils se sont calmés ? lui demanda-t-elle par-dessus son épaule.

— Non, répondit-il platement.

Ne pouvait-il pas faire un effort ? Elle se retint de le lui demander et caressa simplement les deux petits animaux.

Vraiment, il était insensible à leurs grands yeux noirs suppliants alors que cela faisait un an qu'il leur rendait visite ?

— Avec moi, ils ne se comportent pas aussi bien. Tu es vraiment la femme qui chuchote à l'oreille des chiens.

En soupirant, elle les reposa dans leur cage. Immédiatement, ils se mirent à gémir et à griffer le grillage en signe de déception.

— Je m'imaginais ton frère avec des chiens de chasse, de gros chiens virils.

— Cristiano adorait les petits chiens. Il était gay et, plus nos parents le critiquaient, plus il se montrait extravagant.

— Ils ne pouvaient pas l'accepter tel qu'il était ?

— En public, ils se montrent très libéraux, très ouverts, ils ont des tas d'amis gays, mais concernant leur fils aîné et héritier, il en allait tout autrement, répondit-il avec un sourire amer. Ils ont même essayé de le déshériter et de changer les règles de la succession pour éviter qu'il hérite du titre de mon père, mais ils n'ont pas trouvé de recours légal. D'une certaine façon, sa mort tragique les a soulagés.

— Je suis désolée.

Elle lui prit le bras et ils retournèrent à la limousine. Charlie agitait bruyamment la queue dans sa caisse.

— Quand nous étions enfants, jamais nous n'avons eu d'animaux, ma mère en avait horreur. Tito et Carina ont été la première marque de rébellion de Cristiano. Il plaisantait souvent en disant qu'au moins, leur présence lui épargnait toute visite impromptue de notre mère dans son appartement de Florence.

— Il avait le sens de l'humour !

— Quand il était de bonne humeur, il dévorait la vie à pleines dents, mais il n'a jamais eu une très haute opinion de lui-même. Quand il était déprimé, il se faisait de terribles reproches.

— Et toi, ta mère vient te voir à l'improviste ? demanda Belle avec appréhension.

— Elle ne l'a pas fait depuis longtemps, n'aie crainte !

Mais si elle se montre, je me chargerai d'elle, répondit-il d'un ton rassurant.

— Le chenil est loin de chez toi ?

— Dix minutes en voiture. Mais je vais tâcher de leur trouver un endroit plus agréable. Tu as raison, ce n'est pas ce que Cristiano aurait souhaité pour eux.

Dante n'avait pas l'habitude des animaux, puisqu'il n'en avait jamais eu enfant, et elle sentit son cœur se serrer en découvrant la violence du chagrin et de la culpabilité qui le taraudaient. Il se révélait tellement différent de ce qu'elle avait cru, tellement plus sensible. Il n'y avait rien de superficiel en lui. S'il s'avérait qu'elle était enceinte, il ne tenterait pas de la convaincre d'agir contre son gré, elle en était convaincue, et c'était déjà un grand soulagement. Une de ses amies avait avorté parce que son amant le lui demandait, et qu'elle pensait ainsi sauver leur relation. Hélas, il n'en avait rien été, et elle avait mis très longtemps à s'en remettre. Belle n'avait aucune envie de se retrouver dans cette position, même si, dans son cas, il n'y avait même pas de relation à sauvegarder.

La limousine avait grimpé une route avec des virages en épingle. Juste avant d'arriver au sommet de la colline, elle s'engagea dans une allée adjacente et Belle se retourna pour admirer le magnifique paysage : des collines verdoyantes, des vallées plantées de cyprès et de petits villages perchés où s'étageaient des maisons aux toits de tuiles et aux murs de pierre dorée.

— Bienvenue au Palazzo Rosario, dit Dante dans un murmure.

En tournant la tête, elle aperçut une magnifique demeure au bout d'une allée et ne put cacher son émerveillement.

— Tu aurais pu me dire que c'était une maison palladienne.

— Comment sais-tu qu'il s'agit d'une œuvre de Palladio ?

— Tu t'imagines qu'une serveuse n'a pas ce genre de connaissances ? répondit-elle en rougissant.

— Rares sont ceux qui en identifient une du premier

coup d'œil, dit-il. Je serais curieux de savoir d'où tu tires ta science.

— Mon grand-père était fou d'architecture, il avait toute une collection de livres sur le sujet. Il aurait bien aimé devenir architecte, mais ce n'était évidemment qu'un rêve.

— Pourquoi ?

— À son époque, les garçons issus de la classe ouvrière travaillaient dès qu'ils avaient l'âge de quitter l'école, même s'ils étaient très intelligents. Les études n'étaient pas gratuites et il n'a pas eu le choix. Il a dû travailler toute sa vie comme comptable dans un bureau.

— Mais il t'a initiée à l'histoire de l'architecture.

— C'était son jardin secret. Il économisait pour acheter de beaux livres, qu'il me montrait ensuite en les commentant longuement, dit-elle avec tendresse.

Quelle chance d'avoir eu des grands-parents comme les siens. Elle se le disait souvent.

— Moi aussi, j'ai appris de bonne heure. Le *palazzo* appartenait à l'un de mes oncles du côté maternel, Jacopo Rozzi, un historien d'art. Il ne s'est jamais marié et, à sa mort, il m'a légué sa propriété, ce qui m'a permis d'être indépendant de ma famille. Je lui suis très redevable de s'être montré si généreux envers moi.

— C'est grâce à lui que tu as pu monter ton affaire ? demanda Belle avec curiosité en descendant de la limousine pour admirer la façade ornée d'une superbe colonnade et de deux rangées de hautes fenêtres parfaitement symétriques.

— Jacopo a investi dans mon affaire quand j'étais encore à la fac, ça m'a permis de prendre un bon départ.

Dante, charmé par l'habituelle exubérance de Belle, l'observait, perplexe. Jamais de sa vie il n'avait tant bavardé avec une femme. Elle était très naturelle avec lui, contrairement à celles qu'il avait connues. Même l'attention qu'elle accordait au *palazzo* – plus qu'à lui d'ailleurs – était étonnante et presque dérangeante.

— Belle… ? fit-il d'une voix sourde en la voyant

s'élancer vers le perron tandis que Charlie, récemment libéré, dansait sur ses talons.

Elle se retourna vers lui en ouvrant ses grands yeux violets, qui étincelaient sous ses boucles rousses. Il la fixa de ses prunelles sombres et sentit une flamme irrésistible monter en lui avec la force d'un volcan. Alors il attira Belle à lui et prit son visage en coupe entre ses mains pour poser ses lèvres sur sa bouche. Surprise, elle se raidit avant de s'abandonner contre lui, consciente du désir qu'il éprouvait pour elle et qu'elle-même ressentait au plus intime de son corps, si puissamment que c'en était presque douloureux.

Figée dans cette étreinte, elle vacilla lorsqu'il la lâcha. Il la souleva alors dans ses bras et lui fit gravir le perron tandis que Charlie se précipitait derrière eux en aboyant avec frénésie. Belle éclata de rire, car leur arrivée n'était pas passée inaperçue, loin de là : le groupe d'employés qui les attendait en haut des marches les contemplait avec stupéfaction.

Belle, écarlate, gênée par le comportement trop fougueux de Dante, se laissa glisser hors de ses bras. Mais la sincérité des sourires qui l'accueillirent suffit à la rassurer. Pendant qu'on déchargeait leurs bagages, elle le suivit à l'étage. Alors seulement elle prit conscience que ce baiser en apparence si passionné était sans doute seulement destiné à convaincre l'assistance qu'ils formaient un couple réellement amoureux. Une comédie, rien de plus. Comment avait-elle pu une seule seconde croire qu'il avait simplement cédé au désir qui le tenaillait ?

Le palier du premier étage ouvrait sur le *piano nobile*, la salle de réception, conformément à l'architecture des maisons palladiennes. C'était un espace immense et richement meublé. Envoûtée par les fresques colorées, les statues classiques et les détails architecturaux inattendus, elle ne savait plus où poser le regard.

— C'est la salle de réception ? demanda-t-elle.

— Je ne l'utilise que quand je donne une fête, ce qui n'arrive pas très souvent. Sinon, je vis plutôt au rez-de-chaussée, je l'ai fait aménager. Jacopo m'a laissé ce trésor et je n'avais pas envie de faire de transformations, mais comme il faut bien que j'y vive, il a fallu l'adapter, dit-il en suivant leurs bagages jusque dans une pièce aux vastes proportions.

Ce ne fut qu'à cet instant qu'elle comprit qu'ils allaient partager la même chambre, mais quand elle aperçut l'immense lit à baldaquin drapé de brocard pourpre et or, elle éclata de rire. Elle n'avait pas pu se retenir. Comme s'il n'était pas assez imposant, il reposait sur une estrade.

— S'il te plaît… Dis-moi que je ne vais pas devoir dormir dans une pareille monstruosité !

— C'est un authentique lit Louis XIV, répondit Dante, amusé, et figure-toi qu'il est très confortable… Regarde, même Charlie est de cet avis.

— Charlie ! Nooon ! s'écria-t-elle, horrifiée.

Le terrier, à la recherche de l'endroit le plus accueillant de la pièce, n'avait pas hésité à grimper dans le lit, où il avait l'air comme chez lui. Elle le prit et le reposa par terre.

— Alors, tu vis comme dans un livre d'histoire. Jamais je n'aurais cru ça de toi, dit-elle, sincèrement surprise.

— La maison de mes parents est à quelques kilomètres, je connais celle-ci depuis toujours. Je reste très reconnaissant à mon oncle de m'avoir témoigné l'affection dont j'étais privé chez moi. J'ai été élevé par des gouvernantes plus ou moins sympathiques, mais peu sont restées longtemps, en raison des exigences de ma mère. Quand Cristiano et moi avons été mis en pension, Jacopo venait souvent nous chercher pour la journée. Il était très gentil et notre sort le désolait.

— Il était proche de vos parents ?

— Non. Que j'hérite de lui les a rendus furieux, ils s'étaient toujours imaginé que cette propriété leur reviendrait. Et que je sois si jeune et, de plus, rebelle n'a pas arrangé les choses à leurs yeux.

— Quel âge avais-tu quand il est mort ?

— Vingt et un ans.

Elle écarquilla les yeux, sous le choc. Comment imaginer ce qu'on pouvait éprouver en héritant si jeune d'un tel bien ?

— À moins de trente ans, tu as déjà vécu des événements hors du commun, Dante. Tu n'as peut-être pas eu de chance du côté de tes parents, mais tu as bénéficié d'autres avantages.

— Tu préfères faire la visite officielle tout de suite ou plus tard ?

— Plus tard, je suis un peu fatiguée. J'aimerais prendre une douche et faire une petite sieste.

— Le dîner est à 8 heures.

En réalité, elle avait besoin de reprendre ses esprits et de faire le point. Si elle était au Palazzo Rosario, c'était pour y jouer un rôle, celui de la petite amie officielle de Dante. C'était ce qu'il avait voulu lui rappeler en la prenant dans ses bras pour lui faire gravir le perron. Jamais il ne se serait laissé aller à une démonstration en public si exagérée, s'il n'avait pas joué la comédie pour prouver qu'ils étaient un vrai couple. Les vrais couples s'embrassaient, riaient et s'amusaient de cette façon, mais il fallait absolument qu'elle garde en tête que, contrairement aux apparences, ils n'étaient pas un vrai couple.

Elle ouvrit une porte et découvrit une salle de bains superbement aménagée : marbre de Carrare et baignoire de cuivre que le soleil qui entrait par la fenêtre faisait briller. Un pur rêve mais, trop fatiguée pour prendre un bain, elle remit ces délices à plus tard.

Sous la douche, son esprit troublé revint sans cesse à Dante. À son grand regret, le sexe avait fait de leur arrangement une zone de confusion. Soudain, elle ne savait plus comment se comporter, ni ce qui était acceptable et ce qui ne l'était pas. S'attendait-il à ce qu'elle se cramponne à lui dès que quelqu'un montrerait le bout de son nez ? Sans doute pas, décida-t-elle, surtout après l'entrée qu'ils avaient faite dans la maison. Peut-être espérait-il qu'elle se fondrait dans le paysage tandis qu'il reprendrait sa vie normale en attendant le moment crucial, dix jours plus tard, quand ses invités arriveraient… À peu de chose près quand elle saurait enfin si elle était ou non enceinte !

Quel était le risque ? Rien n'était certain, mais elle avait déjà calculé que l'accident s'était produit pendant la période la plus fertile de son cycle, ce qui n'était guère encourageant.

La porte s'ouvrit et elle s'immobilisa. Pourquoi ne l'avait-elle pas verrouillée ? Mais ce n'était que Dante, qui lui sourit par-dessus le mur de séparation de la douche.

— J'ai décidé de faire la sieste, moi aussi, dit-il en ôtant son T-shirt d'un geste élégant qui mit son impressionnante musculature en valeur.

Elle frémit et, comprenant qu'il plaisantait en parlant de sieste, rougit comme une pivoine. Elle avait cru devoir attendre le soir pour se retrouver avec lui dans ce lit impressionnant, mais, avec Dante, inutile de se perdre en conjectures. Il ne lui avait pas caché qu'il était passionné et qu'il aimait le sexe… et aussi qu'il l'avait désirée dès l'instant où il l'avait vue. D'ailleurs personne ne l'avait jamais désirée aussi violemment. Et après tout, pourquoi ne pas profiter de l'instant présent ? Le jean de Dante glissa sur le sol, dévoilant son bassin étroit, et elle éprouva au creux du ventre une sensation aussi forte que déstabilisante. Le souffle court, elle le découvrait pour la première fois entièrement nu, en érection, et il semblait avoir tout autre chose en tête que de faire une sieste.

Il entra dans la douche et repoussa Belle contre le mur carrelé, la dévorant du regard avant de se plaquer si étroitement contre elle qu'elle en eut le souffle coupé. Une douce chaleur l'envahit et, de nouveau, elle fut en proie à la même sensation bizarre. La veille, elle était encore une vierge timide et ignorante, mais désormais elle n'était déjà plus si naïve, et devant Dante, avec son grand corps nu et humide et si visiblement prêt, que faire ?

Il lui prit le menton et lui fit lever la tête pour la fixer droit dans les yeux.

— Tu es trop fatiguée ?

— Euh… Non, répondit-elle d'une voix tremblante en essayant de reprendre sa respiration.

— Tu as mal ?

Elle rougit et fit non de la tête, ce qui n'était que partiellement vrai. Sa chair était encore meurtrie et gardait la sensation de ce qu'ils avaient fait quelques heures plus tôt. Pourtant, son corps avait de nouveau envie de lui, comme d'une drogue dangereuse, comme si ce premier moment d'intimité avait détruit toutes ses défenses, toutes ses inhibitions, tous ses doutes.

Néanmoins, elle était douloureusement consciente d'attendre davantage de lui qu'il ne voulait lui donner et cela l'inquiétait. Il ne s'intéressait qu'au sexe, sans ressentir l'attirance magnétique, l'attachement qu'elle éprouvait, malgré tout le mal qu'elle se donnait pour y résister. Il l'avait choisie afin qu'elle joue le rôle pour lequel il la payait, un rôle qui avait pris de la réalité, mais elle n'était absolument pas sa petite amie. Il ne l'avait pas réellement invitée à séjourner chez lui et dans dix jours, ce serait terminé et elle devrait partir.

Mais pour autant elle était disposée, comme Tracy, à se contenter de servir de jouet à un homme durant un petit moment et à profiter des sorties et des coûteux cadeaux qu'il était prêt à lui offrir en récompense… Elle eut un frémissement d'horreur.

— Qu'est-ce qui ne va pas ? demanda-t-il d'une voix rauque en lui prenant les bras pour les nouer autour de son cou, comme si elle était une poupée.

Puis il la souleva contre lui et sentit alors la tension en elle, les petits frissons dont elle était parcourue.

— Rien, répondit-elle d'une voix tremblante, tout en luttant contre une culpabilité qu'elle savait infondée.

Non, rien de ce qui s'était produit entre eux n'avait été volontairement programmé par l'un ou par l'autre. C'était le hasard qui avait tout improvisé du début à la fin.

— Ce baiser… dehors… Ça m'a terriblement excité.

Et à l'idée que tu étais là-haut, dans ma douche, en train de te déshabiller…

— Alors à partir de maintenant, je ne vais plus pouvoir me déshabiller ? demanda-t-elle avec un petit rire de gorge.

— Au contraire, sinon je risque de me transformer en homme des cavernes et de t'arracher tous tes vêtements, dit-il en l'embrassant dans le cou, ce qui fit sourdre une tiède humidité entre ses cuisses.

Il releva la tête pour la contempler d'un regard si brûlant de désir qu'elle ne put se retenir et se blottit contre lui pour l'embrasser. Il n'y avait dans ce baiser avide ni passé, ni présent, ni avenir, ni place pour l'incertitude. Tout simplement, elle était incapable de tenir plus longtemps sans goûter à cette bouche sensuelle. Inutile de chercher à s'y opposer, puisque, justement, elle ne pouvait pas résister à Dante.

Avec un grognement rauque, il la plaqua contre le mur avant d'appuyer son front au sien en soupirant.

— Je n'ai pas de préservatif sous la main… Je ne veux pas prendre de nouveaux risques.

— Non.

Lentement, il laissa le corps de Belle descendre le long de la paroi. En passant d'un tel degré d'excitation à ce qu'elle ressentit comme un abandon, elle eut l'impression que son corps se vidait.

Il sortit de la douche et elle l'entendit fouiller dans les tiroirs de sa chambre tandis qu'elle se rinçait les cheveux. Bizarrement, le shampoing ne l'avait pas dérangé. Elle fut surprise de sentir deux bras se refermer sur elle par-derrière et deux mains lui caresser tendrement les seins et en exciter les pointes. De nouveau, elle perçut une moiteur brûlante entre ses cuisses.

— J'ai eu du mal à retrouver mon portefeuille. Jamais je n'ai amené de femme ici. Tu es la première, dit-il.

— Tu les amènes où, alors ? demanda-t-elle, agacée de l'imaginer avec d'autres femmes et plus encore de s'en soucier.

Il était bien évident qu'il avait déjà eu de nombreuses autres femmes dans sa vie.

— On allait chez elles… toujours. Toi, tu es unique.

Oui, mais seulement parce qu'il n'avait pas eu le choix. Puisqu'elle devait endosser son rôle de petite amie officielle.

— Unique, dans tous les sens du terme, reprit-il en laissant glisser ses mains sur tout le corps de Belle à la recherche du point le plus sensible, sur lequel il s'attarda jusqu'à ce qu'elle se mette à gémir.

De nouveau il la prit dans ses bras, la souleva, les yeux brillants comme des étoiles, et l'appuya au mur avant de se glisser en elle en poussant un grognement de satisfaction. Gagnée par son excitation, elle s'abandonna à la sensation délicieuse qui avait envahi le bas de son corps. Mais elle en voulait davantage encore et il le lui donna, à grandes poussées, comme elle le voulait, jusqu'à ce qu'elle sente se dénouer la terrible tension qui l'habitait et qu'elle atteigne un orgasme qui la transporta littéralement.

— Tu vois, tu es unique, dit-il de nouveau d'une voix sourde dans le silence qui suivit. Tu ne cries pas. Tu ne brailles pas mon nom. Tu ne me dis même pas que tu me trouves fantastique. Alors que – suprême ironie – j'aurais justement envie que tu le fasses.

Durant le dîner, dans sa jolie petite robe neuve, à la douce lumière des bougies, tout en dégustant une nourriture exquise, elle repensa à cet aveu. Elle savait qu'elle ne crierait jamais son nom, qu'elle ne lui dirait jamais qu'il était fantastique, parce qu'à cet instant, elle deviendrait pareille à toutes les autres et qu'il ne la désirerait sûrement plus.

Elle paniqua à cette pensée et sentit son corps se glacer. Voilà qu'elle se mettait à penser comme une maîtresse, à dissimuler son enthousiasme dans l'espoir insensé que cette attitude ferait durer l'intérêt qu'il lui portait. Sa mère – qui avait été une maîtresse de profession ou presque – avait toujours essayé de harponner des hommes riches et de se rendre indispensable… Jusqu'à ce qu'ils rentrent tous finalement chez eux. Pour Tracy, plaire aux hommes était une véritable vocation et Belle était bien décidée à ne pas suivre sa trace. Ni comédie, ni dissimulation, ni mensonges. La vérité tout du long. Quand Dante finirait par la rejeter, elle saurait que c'était elle qu'il avait rejetée et pas le personnage qu'elle s'était forgé.

7.

Quand Belle pénétra dans la salle à manger pour le petit déjeuner, Dante dut se retenir de sourire : il l'avait tenue éveillée la moitié de la nuit et elle était encore tout endormie. En remarquant ses yeux cernés et ses épaules tombantes, il éprouva pourtant une pointe de culpabilité : il s'était montré trop gourmand, il le savait, mais chaque fois qu'il la regardait, son désir se rallumait. Jamais il n'avait connu cela. D'habitude, au bout de quelques rendez-vous, il commençait à tiédir et à pressentir la fin de l'aventure, mais, inexplicablement, cette fois au contraire, plus le temps passait et plus il avait envie de Belle. Enfin, inutile de se faire du souci, dans deux semaines, sa belle ardeur se serait estompée. Il aimait trop sa tranquillité et serait sans aucun doute soulagé de retrouver son intimité. Cela lui rappela la pièce qu'il avait fait préparer à son intention.

— Belle, dit-il d'une voix douce en repoussant les journaux qu'il n'avait pas encore ouverts, je veux te montrer quelque chose.

Elle reposa sa tasse de thé pour se lever : il voulait sans doute l'emmener faire le tour du *palazzo* comme il le lui avait promis la veille. Elle avait d'étranges courbatures et un suçon dans le cou qu'elle avait failli dissimuler sous un foulard. Mais cette meurtrissure très caractéristique n'était qu'un signe délibéré de plus destiné à authentifier la comédie qu'ils jouaient au monde extérieur.

Dante lui ouvrit une porte et elle comprit, en découvrant dans la pièce les antiquités qu'ils avaient achetées à Paris

– le fauteuil et les livres – qu'il s'agissait de sa chambre. Elle pourrait donc y jouir d'une certaine intimité, comme il le lui avait promis. Une vaste baie donnait sur le jardin intérieur à l'italienne, superbe avec ses parterres bordés de buis, ses plantes vertes et ses fleurs blanches.

— C'était le bureau de mon oncle, il aimait se promener de temps en temps dans le jardin quand il travaillait, lui dit Dante.

La pièce était magnifique et le jardin plus beau encore. Que Dante ait tenu à lui aménager une chambre à elle alors qu'elle n'était là que pour quinze jours la gênait. Enfin, ce n'était pas vraiment une chambre, mais une pièce où elle pourrait se retirer… Oui, mais quand ? En tout cas, même si cela faisait aussi partie de cette comédie, cela prouvait au moins qu'il tenait lui-même énormément à ce qu'on respecte sa propre intimité, sa vie privée. Il devait redouter qu'elle soit toujours dans ses pattes ; il faudrait qu'elle s'isole le plus souvent possible dans cette pièce pour lui laisser le champ libre. Dans le cas contraire, serait-elle perçue comme une intruse importune qui se cramponnait à lui ?

— C'est superbe, dit-elle en dépit de ces pensées moroses.

— Encore un peu vide, mais je trouverai des tableaux et quelques meubles supplémentaires.

— Ne perds pas de temps à ça. Je ne vais pas rester longtemps, inutile de tout chambouler. D'ailleurs, tu me disais que tu n'avais pas envie de trop toucher à la maison.

Un claquement de porte retentit alors dans le hall, suivi d'une voix féminine. Dante eut un rictus.

— Tu ferais mieux de rester ici. On dirait que ma mère nous fait le plaisir d'une de ses petites visites improvisées.

Il se dirigea vers le hall tandis que Belle, poussée par la curiosité, s'approchait du seuil. La voix féminine poussa des cris en italien, auxquels Dante ne répondit que par monosyllabes. Belle fit encore un pas en avant. Une femme, grande et excessivement mince, vêtue d'une robe ivoire très élégante, la gorge et les oreilles ornées de diamants, les cheveux platine, brandissait un journal en direction de Dante.

— C'est elle ? fit-elle brutalement en anglais en fixant Belle qui venait d'apparaître à l'autre extrémité du hall. Inutile de faire la timide devant moi. Une femme timide n'aurait pas réussi à lever un type dans un bar.

Dante se tourna vers Belle et lui tendit une main qu'elle saisit en redressant la tête.

— Permets-moi de te présenter à ma mère. Belle Forrester. Sofia Lucarelli.

Devant l'expression méprisante que prit le visage encore avenant de Sofia, Belle n'osa pas tendre la main. Cette femme n'était manifestement pas prête à lui souhaiter la bienvenue en Italie.

— Son Excellence, la princesse Sofia, corrigea la blonde avant de jeter ostensiblement le journal aux pieds de Belle. Une serveuse qui vivait dans un camping-car ? Ton oncle se retournerait dans sa tombe s'il voyait le genre de fille que tu introduis chez lui.

— Au contraire, je pense qu'il aurait beaucoup apprécié Belle, répondit Dante en la prenant par l'épaule pour la soutenir. Mais si tu n'as rien d'autre à nous dire, maman, je suggère que tu te retires.

— Quand je pense aux femmes que je t'ai présentées... Et voilà la créature que tu as choisie ! hurla-t-elle, au comble de la fureur.

Puis elle tourna les talons et se rua à l'extérieur vers un petit coupé rouge garé au milieu d'une allée.

— La femme qui vient de te reprocher ton immoralité s'est néanmoins autorisé un certain nombre d'aventures extraconjugales, dit Dante d'une voix dure tout en guidant Belle vers un élégant salon. Mon père a toujours fermé les yeux. Soit ça lui était égal, soit il en faisait autant, je n'en sais rien, et ça ne m'intéresse pas assez pour que je m'en soucie.

Belle ne fit pas de commentaire. À en croire le regard noir de Dante, c'était au contraire un sujet sensible.

— Tu ne parles pas beaucoup de ton père, dit-elle cependant.

— Ma mère a toujours été l'élément dominant de leur couple, il l'approuve dans tout ce qu'elle fait. Une fois, elle a frappé Cristiano si violemment qu'il a fallu l'emmener chez le médecin. Mon père a assisté à la scène sans intervenir. C'est un de mes plus anciens souvenirs.

— Je ne pensais pas qu'il y avait aussi des sévices, dit tout bas Belle en frissonnant. Personne ne l'a dénoncée ? Et vos gouvernantes ?

— Ne sous-estime pas la capacité des gens riches à dissimuler leurs fautes et à garder leurs secrets, répondit-il sèchement.

— Et toi, elle te battait ? demanda-t-elle d'une voix hésitante.

Elle aurait aimé lui exprimer sa sympathie, mais son visage prit une expression si tendue qu'elle regretta de lui avoir posé la question et détourna la tête.

— Je crois que je vais aller jeter un coup d'œil à mes nouveaux livres, dit-elle dans un murmure.

Elle était à genoux en train de parcourir les volumes quand la porte s'ouvrit soudain. Sous le coup de la surprise elle vacilla, mais Dante vint la prendre par la main pour la tranquilliser.

— Il est temps que tu me parles un peu de toi, lui dit-il d'une voix calme. Si tu t'intéresses beaucoup à mon passé, je ne sais pratiquement rien du tien. Cela risque de nuire à notre petite comédie.

Elle rougit et croisa nerveusement les doigts.

— Ce sont mes grands-parents qui m'ont élevée.

— Je sais. Mais j'aimerais savoir pourquoi. Qu'est-il arrivé à tes parents ? Ils sont morts ?

— Non, ils sont encore tous les deux en vie… pour autant que je sache, répondit-elle, crispée, en se dirigeant vers la porte-fenêtre car elle n'était pas encore prête à lui dire toute la vérité. Ma mère était mannequin, elle voyageait beaucoup. Mes parents ont rompu avant même ma naissance et mon père ne voulait pas assumer la responsabilité d'un enfant. Comme ma mère et moi avons passé très peu de temps ensemble, nous nous sommes peu attachées l'une à l'autre et quand j'ai été adulte, elle n'a plus souhaité garder le contact. Je ne sais même pas où elle vit.

— Tu as envie de le savoir ? demanda-t-il.

Il avait désormais le visage plus détendu.

— Pas vraiment, répondit-elle en toute honnêteté. Quand j'étais petite, j'attendais avec impatience ses visites, mais je me désolais toujours du peu d'intérêt qu'elle me témoignait. Je rêvais qu'elle s'intéresse à moi, et mon rêve était toujours déçu, alors j'ai fini par accepter de la voir telle qu'elle était vraiment.

— Tu as vécu avec elle ?

— Quand j'ai eu quatorze ans, elle m'a invitée à séjourner chez elle ; j'étais folle de joie à cette perspective. Elle vivait alors avec un type qui avait de jeunes enfants. Je me suis vite rendu compte qu'elle ne m'avait fait venir que pour m'occuper d'eux, mais sur le moment j'ai préféré faire comme si de rien n'était. Je n'étais pas là depuis deux semaines quand son petit ami a essayé de me draguer sous ses yeux. Le jour même, elle m'a dit de faire mes valises et m'a renvoyée chez mes grands-parents.

— Et son copain ?

— C'est moi qu'elle a accusée, pas lui ! Elle a prétendu que je flirtais avec lui et que ça expliquait son comportement… Leur histoire n'a d'ailleurs pas duré et c'est moi qu'elle a tenue pour responsable, j'en suis certaine.

— Une séductrice, comme ma mère ! Cela prouve bien que tout le monde n'est pas fait pour être parent. Moi en particulier.

Elle pâlit. Au moins, il ne faisait pas mystère de ses sentiments, et elle préférait qu'il soit sincère. Si elle était enceinte, ce serait probablement un père absent.

Avant de sortir, il s'arrêta sur le seuil.

— Demain soir, je dois assister à un gala de charité international. Tu m'accompagneras. Steve et sa femme,

Sancha, seront là eux aussi. Peut-être voudras-tu aller chez le coiffeur auparavant ?

— C'est vraiment nécessaire ?

— Seulement si tu en as envie… Personnellement, je préfère tes cheveux au naturel, dit-il en lui caressant la tête. Mais il faut faire quelque chose pour tes ongles : ils sont complètement abîmés.

Elle fut tentée de mentir mais préféra reconnaître la vérité :

— J'ai essayé de ronger mes faux ongles pour arriver jusqu'aux vrais, mais ils n'ont pas très bon goût.

Il lui sourit d'un air narquois, détendu pour la première fois depuis le départ de sa mère.

— Je vais faire venir quelqu'un pour arranger ça. Mais la solution des faux ongles est la bonne, à mon avis : durant les dernières vingt-quatre heures, je ne t'ai pas vue les ronger une seule fois.

— Qu'est-ce que je pourrais faire d'autre si je me sens nerveuse ?

— Embrasse-moi ! dit-il en lui effleurant la lèvre du doigt. Je te garantis que tu oublieras vite tes ongles.

Elle sentit tout son corps frémir à ce contact et s'assit en toute hâte pour feuilleter un Jane Austen qu'elle n'avait pas lu depuis des années. La moindre caresse de Dante produisait sur elle un effet qui la terrifiait, et lui rappelait qu'avec lui, elle ne se contrôlait plus. Il fallait absolument qu'elle se mette des limites, et le plus vite possible. Comme elle vivait chez lui, leur petite aventure n'avait pas l'air sans importance, ce qui était pourtant le cas. Il ne fallait surtout pas qu'elle l'oublie et qu'elle se mette dans tous ses états dès qu'il l'approchait. Et il ne fallait pas non plus qu'elle tente d'éveiller son intérêt, ne serait-ce que pour préserver son équilibre personnel et son amour-propre. Elle était bien décidée à ne pas souffrir quand il en aurait assez d'elle et qu'il la renverrait en Angleterre.

Il l'observa un instant d'un œil circonspect car elle semblait avoir perdu sa joie de vivre et son mordant habituels. Puis il tourna les talons pour sortir de la chambre : une pile de dossiers l'attendait.

— Dante !

Il se retourna.

— Ça ne t'ennuie pas si je retourne voir les chiens de ton frère ?

— Demande à mon chauffeur. Il te conduira où tu voudras, répondit-il avec un haussement d'épaules.

Elle passa le reste de la matinée à lire et à jouer à la balle avec Charlie dans le jardin. Dante la rejoignit pour déjeuner dans la salle à manger. Elle resta silencieuse, se contentant de répondre quand il lui parlait. À la fin, n'en pouvant plus, il lui dit d'un ton sec :

— Écoute, je vois que tu es de mauvaise humeur ; si ça me concerne, j'aimerais que tu me dises où est le problème.

— J'ai du mal à supporter la façon dont tu me traites, répondit-elle.

— C'est-à-dire ?

— Nous ne devons nous comporter comme un couple que lorsque nous sommes en public, n'est-ce pas ? Mais ça déborde sur les moments privés que nous passons ensemble, et… ça… ça me trouble… Parce que nous n'avons pas de relation pour de bon.

— Tu crois ça ? Au contraire, moi, je croyais que nous avions une aventure, répondit-il, déconcerté par ce reproche et son regard fuyant. Mais si tu n'es pas d'accord, je suis prêt à faire marche arrière.

Bang ! Coup droit en plein sternum. Preuve évidente qu'elle n'avait aucune importance pour lui. Elle acquiesça, pâle comme un linge.

— Ça vaudrait sans doute mieux, pour toi comme pour moi.

Il fit la grimace, il était peu habitué à se sentir rejeté, et encore moins profondément troublé. Il s'efforça de respirer calmement. Qu'y avait-il de si déroutant dans cette histoire ? Mais son ego préféra ne pas chercher davantage d'explications. Si c'était ce qu'elle préférait, elle avait parfaitement le droit de rester seule, et le sexe n'avait jamais fait partie de leur arrangement. Mais comment pouvait-elle si facilement tourner la page ? Qu'avait-il dit ou fait pour la mettre dans cet état ? La nuit précédente, dans ses bras, elle avait eu l'air parfaitement heureuse. Mais sans doute la désirait-il davantage qu'elle ne le désirait. Et puis, elle aspirait peut-être à une bonne nuit de sommeil, paisible. S'était-il montré trop exigeant ? Trop brutal ?

Belle ravala ses larmes et monta dans le SUV pour rendre visite aux chiens de Cristiano. Dante n'avait pas cherché à discuter ni à la convaincre de changer d'avis, preuve qu'elle ne s'était pas trompée : pour lui, elle n'était qu'un jouet sexuel parmi d'autres. Pourtant elle valait mieux que cela. Ex-serveuse vivant dans un camping-car, sans doute, mais elle avait quand même une meilleure image d'elle-même que lui.

Tito et Carina furent ravis de la voir et elle les emmena dans la cour pour leur faire faire de l'exercice et commencer à les dresser. Elle les récompensait quand ils réussissaient, ce qui n'était pas très fréquent.

— Trop vieux et trop gâtés pour apprendre, dit la propriétaire du chenil dans un mauvais anglais tout en les observant de derrière la barrière.

Charlie pénétra dans le bureau de Dante sans qu'il le remarque et s'installa sur un coûteux tapis persan où il s'étirera à son aise. Quand enfin Dante le vit, il préféra faire comme si de rien n'était. Charlie en fit autant car il avait l'expérience du restaurant où les clients qui n'aimaient pas les chiens l'ignoraient eux aussi. Mais on apporta le café à Dante et, dès qu'il prit un biscuit sur le plateau, Charlie revint à la vie et adopta une posture discrètement quémandeuse.

— Tu es malin, dit Dante au terrier qui fixait un regard implorant sur le biscuit, avant de lui en donner un petit morceau.

Charlie lui accorda un regard reconnaissant puis retourna s'allonger sur le tapis. On frappa alors à la porte. Belle entra et aperçut son chien.

— Excuse-moi, je l'ai cherché partout. Je venais justement te demander si tu ne l'avais pas vu.

— Il n'est vraiment pas gênant, répondit Dante, qui aimait rendre à chacun son dû, tandis que Charlie se précipitait dans les bras de sa maîtresse. Et les deux autres monstres, comment vont-ils ?

— Très bien. Je leur ai fait faire un peu d'exercice.

— Jamais je n'aurais cru que ça leur plairait.

— Ça ne leur plaît pas beaucoup, mais quand ils sont fatigués, ils sont moins agités.

Ses cheveux lâchés sur les épaules encadraient l'ovale parfait de son visage. Elle portait un haut vert transparent et un jean taché d'empreintes de chiens qu'elle n'avait pas dû remarquer. Et elle était à couper le souffle. Sa bouche en bouton de rose, sa poitrine généreuse et ses fesses rebondies le plongèrent instantanément dans un état de cruelle frustration.

— Toujours optimiste. Tu as l'art d'avoir une approche positive des problèmes, n'est-ce pas ?

— C'est vrai, dit-elle.

— Sauf en ce qui me concerne. Moi j'ai été jugé et déclaré définitivement défectueux sans même avoir été entendu.

— Tu te fais des idées, répondit-elle en rougissant. J'ai seulement essayé de me montrer raisonnable.

— Explique-moi un peu, je t'en prie, dit-il en se levant pour venir vers elle.

— Vivre de cette façon – avec ces vêtements, ces bijoux, dans cette belle maison – ferait tourner la tête à n'importe quelle femme, mais c'est un peu comme dans le conte *Les Habits neufs de l'empereur*. Rien de tout cela n'est vrai, ce n'est pas à moi et ça ne va pas durer, dit-elle, mal à l'aise, en contemplant le beau visage de

Dante, sombre et dévastateur. Et puis, je ne veux surtout pas tomber amoureuse de toi et en souffrir.

Un silence pesant se fit. Jamais auparavant aucune femme ne s'était montrée aussi franche avec lui, et cet aveu le troublait terriblement.

— Comment peux-tu dire une chose pareille ?

— Inutile de mentir, puisque de toute façon, tu ne dois pas souhaiter que je m'attache à toi. Mais pour moi, notre petit arrangement, comme tu dis, est très important, parce que je n'ai jamais eu de relation sérieuse... Oui, pour toi, c'est sans conséquence, je le sais, mais dans ma vie, ça risque de compter beaucoup plus.

— Peut-être, répondit-il en reculant d'un pas, les bras tendus, comme s'il redoutait une quelconque contagion. Pourtant, inutile de te faire des idées, ce n'est pas de l'amour mais une simple attirance, parce que j'ai été ton premier amant. Tu oublieras tout ça bien vite.

— Merci pour cet excellent conseil, répondit-elle avant de rappeler Charlie et de sortir aussi dignement qu'elle le put.

Dante reprit son souffle. Jamais il n'était tombé amoureux, contrairement à Cristiano qui avait enchaîné les coups de cœur, en quête du grand amour. Grâce à lui, Dante avait vite appris que l'amour n'était qu'un faux-semblant : à un espoir insensé succédait une cruelle désillusion quand les défauts de l'être aimé se révélaient petit à petit. Évidemment, Belle n'était pas amoureuse de lui, mais après cet aveu, plus question de la toucher. Au fond, peut-être ne lui avait-elle tenu ces propos étranges que pour le dissuader d'aller plus loin. Il joua un quart de seconde avec cette idée, mais passa rapidement à autre chose.

Que lui arrivait-il donc ? Il se sentait très bizarre, comme écrasé sous un énorme roc. Il allait devoir rapidement trouver une autre femme à laquelle s'intéresser, pour oublier Belle et cette folle semaine, même si cela risquait d'être un peu difficile. Adieu le passé, bonjour l'avenir, telle avait toujours été sa devise.

*
* *

Belle se pelotonna avec son livre. Comment réussirait-elle à regarder Dante pendant le dîner ? Elle pressa des deux mains ses joues brûlantes en poussant un petit gémissement. Comment avait-elle pu lui faire un aveu pareil, si humiliant pour elle ? Il était néanmoins vrai qu'elle commençait à éprouver des sentiments déplacés pour lui. Il fallait que cela cesse et le seul moyen était de mettre fin à toute intimité entre eux. Mais elle serait bien obligée de continuer à partager son lit, pour la galerie.

Elle dîna seule, après avoir pris un long bain, et se coucha de bonne heure. Dante se rendit dans les clubs qu'il fréquentait assidûment d'ordinaire, avant d'assister à une réception à Florence. Chaque fois qu'une femme le regardait d'un air intéressé, cela lui mettait les nerfs en pelote, jusqu'au moment où il prit conscience que la seule femme qui lui plaisait se trouvait précisément chez lui, dans son lit… mais qu'il ne pouvait pas l'avoir. Mais n'était-ce pas précisément la raison pour laquelle il la trouvait si désirable ? Parce qu'elle l'avait rejeté et que son ego se rebellait ?

Ou était-il plus bienveillant qu'il ne l'imaginait ? Il ne voulait pas qu'elle souffre, reconnut-il après son cinquième verre. Il prit une chambre pour la nuit dans un luxueux hôtel pour mettre de la distance entre elle et lui, mais ne put trouver le sommeil. Il l'imaginait dans son lit et se rappelait l'effet qu'elle lui faisait. Un effet très bizarre, décida-t-il pour finir juste avant l'aube.

Belle se réveilla dans un lit vide. Où Dante avait-il passé la nuit ? Elle culpabilisait de l'avoir mis mal à l'aise dans sa propre maison. En descendant déjeuner, elle le croisa dans l'escalier. Sans cravate, avec sa veste froissée et sa barbe de la veille, il avait une drôle d'allure. Il lui jeta un regard noir et elle fila vers la salle à manger. Peut-être avait-il passé la nuit avec une autre femme. Quelle idée déchirante !

La manucure arriva en fin de matinée et peignit les ongles de Belle d'un beau vernis bleu foncé qu'elle préféra au rose bonbon, pourtant assorti à sa robe du jour. Cette fois, elle se jura de ne pas les abîmer : après cette manucure sophistiquée, ses mains avaient indubitablement meilleure allure. Elle porterait aussi le ravissant pendentif et les boucles d'oreilles que Dante lui avait offerts, bref, elle ferait son possible pour prétendre appartenir à ce milieu aisé où elle se sentait si mal à l'aise. Inutile d'avoir peur de faire honte à Dante en public : après tout, s'il l'avait engagée, c'était en toute connaissance de cause, pour faire comme s'ils vivaient en couple. Elle devait simplement se comporter en maîtresse pas trop envahissante.

Une fois habillée, elle aperçut depuis le haut de l'escalier Dante qui faisait les cent pas dans le hall. Son smoking soulignait sa large carrure et ses longues jambes, et sa chemise blanche faisait ressortir son hâle. Il était beau à mourir, mais mieux valait ne plus y penser ni même le regarder. Il fallait simplement faire preuve d'un peu de volonté.

Dante se retourna pour contempler Belle et sa beauté, dans sa robe toute simple, très stylée, lui fit l'effet d'un coup à l'estomac. Elle avait dénoué ses cheveux comme il aimait et sa jupe fendue dévoilait ses jambes parfaites, mais son regard semblait avoir perdu son éclat, cette lueur pleine de vitalité qu'il avait auparavant. Comme il l'avait prévu, souhaité même, elle avait sans doute réussi à se débarrasser de ce sentiment stupide qu'elle était trop naïve pour identifier. Il aurait dû en être soulagé, mais il serra les poings. Il ne s'était pas attendu à ce qu'elle s'en libère aussi vite et, bizarrement, cela ne fit qu'accentuer sa mauvaise humeur.

— Steve et Sancha nous ont réservé une table de quatre. Au moins, tu seras avec des amis, dit-il comme s'il devinait son angoisse à l'idée d'assister à un événement qui ne rassemblait que des nantis.

Elle releva le menton et faillit répondre que Steve et Sancha n'avaient jamais été ses amis, mais des clients VIP qu'elle servait au restaurant. Des gens charmants mais très loin d'elle. Cependant, de peur qu'il ne devine sa nervosité, elle garda le silence. Elle n'avait jamais assisté à ce genre d'événement, qui se tenait ce jour-là dans la splendide salle de bal d'un bâtiment public. Des fresques magnifiques et de gigantesques lustres de cristal décoraient le plafond. Il y avait beaucoup de monde, des groupes d'hommes en smoking, des femmes superbes dans leurs robes haute couture et leurs bijoux étincelant sous les lumières.

À sa grande surprise, Dante lui prit la main et la guida à travers la foule. Steve Cranbrook se leva de la table à laquelle il était assis auprès de son épouse espagnole.

— Ils savent que nous jouons la comédie ? demanda Belle en chuchotant à l'oreille de Dante.

— Oui, mais ils sont les seuls.

Elle se détendit à l'idée qu'elle n'aurait pas à faire semblant devant eux. Sancha, une petite brune aux courbes épanouies, se mit immédiatement à lui parler de la fondation en faveur de laquelle était organisé le gala et qui luttait contre la faim dans le monde. Belle lui demanda des nouvelles de ses quatre enfants, des petits blonds adorablement frisés qu'elle avait souvent vus jouer au bord du lac avec leur mère. Tandis que les gens s'installaient autour des tables pour écouter les discours, qui furent heureusement courts, Belle aperçut la mère de Dante. À son attitude, personne ne pouvait ignorer son statut de princesse. Elle était assise à côté d'un homme aux cheveux gris doté du même profil classique que Dante, son père sans aucun doute.

L'attention de Belle se reporta vers les tables les plus proches et le cœur lui manqua soudain. Un homme assis non loin d'eux gardait les yeux fixés sur elle. Impossible que ce soit… Mais si… Son père… À quand remontait son unique rencontre avec Alastair Stevenson ? Neuf ans ? Ses cheveux roux, dont elle avait hérité, grisonnaient désormais, mais son regard était toujours aussi vif et son visage à peine marqué de quelques rides. Il devait avoir un peu moins de cinquante ans car il était beaucoup plus jeune que sa mère, et le temps semblait l'avoir épargné.

Belle, l'estomac chaviré, baissa les yeux. Ce père l'avait rejetée sans ménagement, déclarant qu'il ne voulait rien avoir à faire avec « la fille de Tracy », comme si elle n'était pas également la sienne. La cruauté de ce rejet avait profondément affecté Belle, et son père était sans doute très étonné que cette fille inconnue et non désirée assiste à un gala de charité aussi huppé. Quelle horrible coïncidence ! Pourtant, neuf ans avaient passé, et elle aurait dû se sentir assez forte pour rester impassible sous le regard de cet homme.

L'orchestre se remit à jouer et quelques couples se dirigèrent vers la piste. Steve prit la main de sa femme pour l'y entraîner en riant.

— Excuse-moi, dit Belle à Dante en se levant elle aussi.

— Que se passe-t-il ? Où vas-tu ? demanda-t-il, visiblement contrarié qu'elle ne reste pas auprès de lui.

— Où sont les toilettes ? demanda-t-elle.

Il lui lâcha le poignet et se leva poliment sans cesser de la fixer d'un regard inquiet.

— Tout va bien ?

Jamais il ne l'avait vue si pâle : chacune de ses taches de rousseur ressortait sur ses joues blêmes.

— Tout va bien, répondit-elle pour le rassurer tout en s'éloignant à la hâte.

8.

Après s'être rafraîchi le visage et avoir pris quelques profondes inspirations, Belle sentit que le choc qu'elle venait d'éprouver en revoyant son père après tant d'années commençait à se dissiper. Elle se sentait de nouveau d'attaque. Elle se fraya un passage à travers la foule en direction du hall d'entrée, mais s'arrêta net. L'homme qu'elle cherchait à éviter se dressait devant elle. Elle baissa la tête en faisant un écart pour le contourner, mais une main se posa sur son bras.

— Belle ?

Elle avait presque oublié cette voix profonde. Ses yeux croisèrent des yeux identiques aux siens et elle s'immobilisa comme au bord d'un gouffre.

— Euh… Monsieur Stevenson ? demanda-t-elle sur un ton cassant.

— Si tu savais depuis combien d'années je suis à ta recherche ! dit-il d'une voix brisée. Cela fait si longtemps ! Et à peine m'as-tu adressé la parole que je me sens terriblement coupable. Totalement coupable, tu as raison, mais si je suis là, c'est pour te demander de m'accorder quelques minutes. Accepteras-tu ?

Belle n'en revenait pas. Alastair Stevenson l'avait recherchée ? Plus étonnant encore, une puissante charge d'émotion émanait de lui, alors qu'elle avait toujours gardé de lui le souvenir d'un homme froid, amer et hostile.

— Je t'en prie, dit-il d'une voix hésitante, rompant le silence qui s'était établi entre eux.

De son côté, Dante, à l'autre bout de la salle, se demandait pourquoi Belle tardait tant à le rejoindre. Lui était-il arrivé quelque chose ? Il était certain que ça n'allait pas, il l'avait bien senti… Était-elle malade ? Ou contrariée ? Au même moment, Steve réapparut avec Sancha.

— Je ne savais pas que Belle était en si bons termes avec Alastair Stevenson, dit-il à Dante, à qui ce nom parut vaguement familier.

Brusquement il se souvint : c'était un homme d'affaires, très connu en Angleterre, et puissant gestionnaire d'un fonds spéculatif.

— Alastair Stevenson ? Mais qu'a-t-il à voir avec Belle ?

Steve fit un signe de tête en direction de la piste de danse, où Dante eut la surprise d'apercevoir Belle à côté d'un inconnu. Ils ne dansaient pas vraiment, mais restaient debout, immobiles, penchés l'un vers l'autre comme s'ils essayaient de se parler malgré la musique. Tandis que Dante, incrédule, les observait, Alastair Stevenson prit la main de Belle et lui dit quelque chose à l'oreille tout en l'entraînant hors de la piste.

Dante poussa une longue série de jurons en italien.

— De toute évidence, elle le connaît très bien, dit Steve, car jamais je n'ai vu Stevenson main dans la main avec une autre femme que la sienne. Peut-être est-il son parrain, ou un parent ?

— Je ne crois pas, répondit Dante en tentant de maîtriser la fureur qu'il sentait monter en lui. Elle me l'aurait dit.

— Ils sortent de la salle, dit Steve.

— Comment ? s'exclama Dante, outré.

Belle franchissait les portes-fenêtres qui avaient été ouvertes sur la terrasse pour faire entrer l'air frais de la nuit. Et en plus, elle se rongeait les ongles !

Soudain il réalisa que, bizarrement, il ne détestait pas cette petite faiblesse. Ainsi, lorsqu'il la voyait céder à cette activité interdite, il savait qu'elle se sentait nerveuse ou effrayée. Mais pourquoi s'isolait-elle ainsi avec cet homme marié ? C'était incompréhensible. Et puis, ce n'était pas du tout son genre… Non, elle n'était pas du style à bondir sur un homme riche à la première occasion. Mais, à bien réfléchir, elle n'était plus liée à lui que pour une semaine et, au-delà de cette date, elle serait libre de ses mouvements. Qu'elle ait encore été vierge à vingt-deux ans ne faisait pas forcément d'elle une sainte ou un modèle de fidélité. Comme il s'était montré naïf, lui qui ne l'était pourtant jamais concernant les femmes et leur extraordinaire pouvoir de nuisance !

Belle et Alastair s'assirent à une table de la terrasse et il fit signe au serveur de venir prendre la commande.

— De l'eau pour moi, merci, dit Belle. Donc, l'agence d'investigations privées à laquelle tu t'es adressé pour me retrouver m'a identifiée grâce à des photos publiées dans la presse, mais depuis hier seulement ?

— Oui. J'ai tout laissé tomber et je me suis précipité ici, de peur de perdre de nouveau ta trace. J'ai acheté une place pour le gala de ce soir en espérant que tu y accompagnerais Lucarelli, parce que je n'avais pas envie d'aller te trouver chez lui, répondit Alastair en faisant la grimace. J'ai besoin de te parler en toute intimité, même si je ne veux pas te faire du mal en étant trop franc au sujet de ta mère et de la relation désastreuse que nous avons entretenue après ta naissance.

— Je n'ai pas revu Tracy depuis l'enterrement de mon grand-père, rien de ce que tu pourrais me dire à son sujet ne saurait me faire de mal.

— Quand Tracy est tombée enceinte, j'étais jeune et naïf. Je n'ai signé aucun arrangement légal avec elle parce que je tenais à ce que personne ne soit au courant de cette aventure, mais j'ai accepté de payer toutes les factures monstrueuses qu'elle m'envoyait. Quand je lui ai proposé de prendre des dispositions légales pour subvenir aux besoins de l'enfant, elle m'a menacé de tout révéler à ma femme, Emily, que j'avais rencontrée et épousée un an après ma rupture avec elle. Je ne voulais pas qu'Emily découvre ton existence. Ni personne d'autre, d'ailleurs, parce que j'avais trop l'impression de m'être fait berner par Tracy.

— Pourquoi avais-tu si peur qu'elle mette ta femme au courant ?

— Emily a longtemps souffert de dépression, elle est très fragile. De plus, elle a toujours rêvé d'avoir un enfant mais, après plusieurs fausses couches, elle a mis au monde un bébé mort-né, dit tristement Alastair. J'aurais dû lui parler de toi avant qu'on se marie, et après, je n'ai jamais eu le courage de lui avouer que j'avais déjà un enfant.

— Je peux comprendre que tu aies voulu protéger ta femme, répondit Belle en hochant la tête.

— Aujourd'hui, Emily est au courant et Tracy ne peut plus rien contre moi. Donc, après avoir tout avoué à ma femme, je me suis lancé à ta recherche, mais je ne suis malheureusement pas parvenu à te retrouver. Alors j'ai payé ta mère pour savoir où et quand elle t'avait vue pour la dernière fois. En enquêtant, j'ai découvert qu'elle me mentait depuis ta naissance, qu'elle m'avait donné de fausses factures. Je n'ai découvert que très récemment que tu avais été élevée par tes grands-parents, que tu avais toujours fréquenté l'école publique et que tu avais dû abandonner tes études à seize ans.

— Des fausses factures ? demanda Belle en fronçant les sourcils.

— Oui, des salaires de gouvernantes, des frais de scolarité dans des pensions huppées, des soins en médecine privée, des vacances. Chaque fois qu'elle avait une nouvelle idée, je recevais une facture sans que tu en bénéficies, toi, le moins du monde. Mais j'étais l'imbécile qui payait sans fin, à une époque où j'étais beaucoup moins riche qu'aujourd'hui et où je devais batailler pour verser ces sommes considérables. J'ai fini par haïr Tracy parce qu'elle me soutirait tout l'argent qu'elle pouvait. Et c'est dans cet état d'esprit qu'a eu lieu ma première rencontre avec toi. J'ai déversé sur toi toute mon amertume, ce qui était injuste et cruel ! Tu n'étais qu'une gamine heureuse de connaître enfin son père.

— J'ai dépassé ça, répondit Belle en posant la main sur son bras pour l'apaiser.

Maintenant qu'elle comprenait ce qui s'était passé, cela modifiait entièrement tout ce qu'elle avait pu s'imaginer au sujet de son père biologique. Tracy avait menti et l'avait fait chanter pour lui soutirer un maximum d'argent et le détourner à son usage personnel.

— Tracy est d'une avidité monstrueuse, dit-elle.

— Oui. Elle t'a laissée sans un sou après la mort de ton grand-père, et elle a disparu avec tout l'argent qu'elle m'avait volé. Ce n'est d'ailleurs pas une surprise, dit-il, sarcastique. Mais mieux vaut ne plus parler de tout cela. Je regrette terriblement la façon dont je t'ai traitée la première fois que nous nous sommes vus. Est-il possible de dépasser aussi le mal que cette première rencontre a pu te faire ? Emily et moi voudrions faire ta connaissance. Après tant d'années, est-ce trop tard ? Ou accepteras-tu de nouer une relation avec nous ?

Belle fondit en larmes. Il lui prit la main et la serra en la dévorant du regard, les yeux pleins d'espoir.

— Nous pouvons au moins essayer, répondit-elle d'une voix étranglée, les yeux encore brillants de larmes, tout en lui adressant un sourire radieux. Ça me rendrait tellement heureuse.

— Regarde la traînée que tu as choisi de faire entrer chez toi, fit la princesse Sofia d'une voix méprisante à l'oreille de son fils en le croisant sur la terrasse où Belle était en grande conversation avec Alastair Stevenson.

Ils se tenaient les mains et la jeune femme semblait aveugle à la présence de Dante, pourtant debout à quelques mètres d'elle, prêt à se jeter sur le vieil homme pour le rouer de coups de poing.

Heureusement, Steve, qui avait observé la scène de

loin, prit Dante par le bras et lui conseilla de s'expliquer calmement avec Stevenson sans se laisser aller à la colère. C'était la voix même de la raison, mais Dante se sentait habité par un instinct quasi-animal. La main d'Alastair touchait celle de Belle, et il ne pouvait pas le supporter. Être témoin d'un tel sacrilège, c'était comme si on lui enfonçait des clous dans la chair. Et, pire que tout, Belle souriait à Stevenson, d'un sourire doux, tendre et confiant, comme elle n'avait jamais souri à Dante.

Échappant à la poigne de Steve, il se dirigea, les yeux brillants de fureur, vers Alastair et Belle.

— Qu'est-ce qui vous arrive ?

Alastair sursauta et repoussa sa chaise pour se lever.

— Excusez-moi, je n'aurais pas dû monopoliser Belle ainsi, mais l'occasion était trop belle, je n'ai pas pu m'empêcher de parler enfin à ma fille. Je suis Alastair Stevenson, dit-il en tendant poliment la main à Dante.

Belle s'était levée à la hâte et avait lâché la main de son père en découvrant la fureur qui crispait le beau visage de Dante. En croisant son regard étincelant de fureur, elle s'était sentie frémir.

— Belle avait… disparu.

Tout en articulant ces mots, Dante sentit le mot *fille* s'insinuer dans son cerveau et y semer soudain le doute. Sa colère s'évanouit pour laisser place à la confusion et à l'incrédulité.

— J'étais inquiet, dit-il en saisissant après quelques secondes d'hésitation la main qu'on lui tendait. Dante Lucarelli.

— J'espère pouvoir passer un peu de temps avec Belle demain matin avant de reprendre l'avion, dit Alastair avec un sourire apaisant.

— Bien sûr. Vous serez le bienvenu, répondit Dante en tentant de maîtriser les sentiments confus et contradictoires qui l'habitaient.

Maintenant, il en voulait surtout à Belle de lui avoir

extorqué l'essentiel de ses secrets tout en évitant soigneusement de lui révéler les siens.

— À demain, dit Alastair en souriant à sa fille.

Dante prit la main de Belle qui finit par s'écarter du vieil homme et referma les doigts sur les siens. Steve s'était prestement éloigné, mais Sofia, à qui la diplomatie était étrangère, se tenait toujours à côté d'eux.

— Eh bien, en voilà, une agréable surprise, dit la princesse en fixant sur Belle un regard froidement appréciateur.

Celle-ci venait visiblement de progresser dans l'estime de la princesse grâce à la découverte de ce père gestionnaire d'un fonds spéculatif.

— Oui, très agréable et très surprenante, dit Dante à l'oreille de Belle qui frémit à ce contact et ne put s'empêcher de rougir.

— Je ne m'attendais pas à le voir, j'ai été bouleversée.

— Moins bouleversée que moi quand je l'ai vu te prendre la main, répondit-il sur un ton sec. Tu m'as caché beaucoup de choses.

— Ça n'avait rien de très intéressant, fit-elle, sur la défensive.

— Figure-toi que savoir qui est ton père m'intéresse pourtant davantage que connaître ta couleur préférée ou ton signe du zodiaque, dit-il, dépité.

L'agacement montait en elle. La soirée avait été rude, avec ce trop-plein d'émotions, et elle n'était pas prête à se laisser reprocher ces vingt minutes passées avec son père dans un lieu public.

— D'ailleurs, tout ça ne te regarde pas, dit-elle résolument en guise de conclusion.

Non, ça ne le regardait absolument pas. Il l'avait engagée pour jouer la comédie un week-end, et il n'était ni son mari, ni son petit ami ; pour elle, il n'était rien du tout. Il fallait qu'elle garde bien ce fait en tête et qu'elle arrête de lui accorder une importance qu'il ne méritait pas, et dont il ne voulait pas.

Il prit une profonde inspiration, dans l'espoir de se

calmer. Avait-il jamais éprouvé tant d'émotions contradictoires en si peu de temps ? D'abord de l'inquiétude et de la fureur, puis de la stupéfaction et de l'incrédulité et enfin une sourde colère qu'elle lui ait caché quelque chose d'aussi important. Du soulagement aussi, même s'il n'en comprenait pas très bien la raison.

Certains invités commençaient à partir et Dante saisit ce prétexte pour retourner à leur table et souhaiter bonne nuit à Steve et Sancha. Une fois dans la limousine, ce fut Belle qui rompit le silence.

— Je ne comprends pas pourquoi tu t'es mis en colère.

— Heureusement que ton père m'a dit tout de suite qui il était, répondit-il, les dents serrées. J'étais sur le point de le frapper.

Elle le contempla d'un air ébahi.

— Pourquoi aurais-tu fait ça ?

— Tu lui tenais la main, répondit-il.

— Et alors ? fit-elle en haussant les sourcils. Qu'est-ce que ça peut bien te faire ?

À cet instant, et pour la première fois de sa vie avec une femme, il eut l'impression qu'il ne contrôlait plus la situation.

— Aucun homme n'a le droit de toucher ce qui m'appartient !

— Eh bien, figure-toi que je ne t'appartiens pas. Rappelle-toi que tu m'as engagée pour que je fasse semblant de t'appartenir, comme tu dis si bien.

— On ne peut pas dire que, ce soir, tu t'es montrée à la hauteur, tu ne trouves pas ? dit-il en la fusillant du regard.

— Désolée si mon comportement a pu t'embarrasser !

Elle était trop furieuse contre lui pour être le moins du monde désolée, et la migraine commençait à lui serrer les tempes.

Dante leva les yeux au ciel comme pour y trouver le calme auquel il aspirait, mais au même moment la limousine s'immobilisa devant le *palazzo* et Belle en jaillit plus rapidement que Charlie quand on lui tendait un biscuit.

Elle gravit quatre à quatre les marches du perron et Dante la suivit au premier étage. Il était impatient de se retrouver en tête à tête avec elle là où personne ne risquerait de les entendre, surtout pas son épouvantable mère. Un endroit où il pourrait enfin lui parler calmement et retrouver une Belle aussi enjouée que d'habitude.

— Tu as mis Alastair au courant de notre arrangement ? demanda-t-il.

Elle se débarrassa des escarpins qui lui torturaient les pieds puis se tourna vers lui. Une fois à plat, elle était beaucoup plus petite et il la dominait de toute sa hauteur, comme une solide colonne de granit.

— Bien sûr que non ! répondit-elle, surprise qu'il lui pose la question. Comment pourrais-je avouer une chose pareille à mon père ? Qu'est-ce qu'il penserait de moi ?

— Je me moque bien de ce qu'il peut penser de toi.

— Peut-être, mais pas moi.

— Il n'y a d'ailleurs rien de sordide dans notre arrangement, dit-il, visiblement outré.

— Je doute que cela lui plaise, surtout s'il savait ce qui se passe entre nous. À mon avis, mieux vaudrait qu'il continue à nous prendre pour un vrai couple.

— Nous pourrions très bien en être un. D'ailleurs, nous nous disputons déjà comme un vrai couple et j'ai même l'impression que nous n'allons pas tarder à nous réconcilier sur l'oreiller, dit-il, les yeux rivés sur les fesses rebondies de Belle qui se tortillait pour atteindre la fermeture à glissière dans le dos de sa robe. Si tu veux bien m'autoriser…

Dès qu'il eut descendu la fermeture, elle se débarrassa de la robe qu'elle déposa sur une chaise. C'était tellement embarrassant, de se retrouver devant lui en petite tenue maintenant que cet aspect de leur relation n'était plus d'actualité.

— Contrairement à ce que tu crois, je n'ai aucun projet de réconciliation sur l'oreiller, dit-elle.

Il s'avança vers elle avec une grâce féline de prédateur.

Son beau visage sombre était fermé et il riva sur elle son regard d'or qui étincelait à la lumière de la lampe.

— Même si je te désire en cet instant davantage que j'ai jamais désiré aucune autre femme ?

— Aucune autre ? Sérieusement ?

— Sérieusement, répondit-il en prenant son visage rougissant entre ses mains. Si j'ai failli massacrer ton père, c'est que j'étais jaloux de lui, et ça aussi, pour moi, c'est une première.

À peine l'eut-elle entendu que son angoisse s'envola pour faire place à une étrange sensation de paix.

— Jaloux ? répéta-t-elle, stupéfaite. Je ne comprends pas.

— Tu as dû être la seule à ne pas le comprendre. Je me suis ridiculisé en agressant ton père, dit-il. Mais tu lui souriais d'une façon…

— Vraiment ? murmura-t-elle en frémissant au contact de ce grand corps si proche du sien.

Brusquement, il lâcha son visage pour la prendre par les hanches et la plaquer contre lui. Elle sentit le tissu de son pantalon se tendre contre son ventre, preuve indéniable de son émoi, et il l'attira plus près encore avec un grognement rauque et terriblement excitant.

— Où étais-tu la nuit dernière ? demanda-t-elle abruptement. Avec une femme ?

— Je me suis soûlé et j'ai passé la nuit à l'hôtel. Pas avec une femme. J'avais envie de toi, mais c'était impossible, lui rappela-t-il d'un air sombre.

Elle sentit s'évanouir en elle le reste de tension.

— Plus tard, tu m'expliqueras pourquoi tu ne m'as rien dit au sujet de ton père, dit-il dans un souffle.

— Plus tard ?

— Pour le moment, nous avons quelque chose de plus urgent au programme, répondit-il en la débarrassant de son soutien-gorge.

Il lui prit les seins à pleines mains et en agaça les bouts roses.

— Mais nous étions censés…

— Plus de contraintes ni d'interdits, dit-il en cherchant les lèvres de Belle, qui se lova contre lui avec un petit gémissement. Je ne sais pas où tout ça va nous mener, mais je peux te jurer que rien ne nous arrêtera avant que nous ayons fait le tour de la question, parce que c'est trop bon.

Au fond de son cœur, elle comprit qu'il venait de marquer un point : c'était elle qui avait voulu tout arrêter en croyant ainsi se protéger. Mais sans doute cette décision était-elle venue trop tard pour être efficace : l'alchimie et la passion qu'il avait éveillées en elle échappaient déjà à son contrôle. Et comment ne pas être flattée qu'il se soit senti jaloux ? Cela prouvait assurément qu'elle représentait davantage pour lui qu'une simple aventure passagère.

Après lui avoir ôté sa culotte, il l'étendit sur le lit avant de se déshabiller lui-même à la hâte, la couvant d'un regard possessif infiniment troublant. Elle le contemplait elle aussi, si excitée qu'elle ressentait une sorte d'ivresse sans avoir bu la moindre goutte d'alcool. Mais c'était l'effet que Dante produisait sur elle, un désir si puissant qu'elle ne se sentait plus dans son état normal. Entre ses cuisses, la pulsation se fit douloureuse, presque insupportable.

Il s'allongea auprès d'elle, nu et bronzé, le corps brûlant contre sa peau fraîche, et découvrit que, dans l'état dans lequel elle était, les préliminaires étaient superflus. Il plongea donc aussitôt en elle, dur et profond, et elle s'arqua contre lui, dévastée par le plaisir qui l'envahissait déjà, dans un élan sauvage. Impossible de s'y opposer, et d'ailleurs, elle n'en avait aucune envie. Leurs corps s'unirent dans une étreinte qui leur coupa le souffle et leurs cœurs se mirent à battre à un rythme fou. Dans cet orgasme, elle découvrait de nouveaux sommets et tout son corps fut parcouru de spasmes délicieux.

— Ce n'était pas trop violent ? demanda-t-il quand il se fut retiré, tout en continuant d'embrasser ses lèvres closes.

— Non, ça m'a plu.

— Tu m'as trouvé génial ?

— Ce n'est pas le mot que j'emploierais.

— Quand même, je t'ai fait crier, fit-il avec un petit sourire satisfait.

Elle avait trop perdu le contrôle pour savoir ce qu'elle avait fait exactement, et préféra donc lui accorder cette satisfaction. Il se leva et eut une brève conversation avec le téléphone intérieur avant de la porter sous la douche avec lui.

— Il est temps que tu me parles de ton père et que tu m'expliques pourquoi il a l'air de n'avoir jamais été partie prenante de ta vie.

— Non, il n'en a jamais fait partie. Avant ce soir, je ne l'avais vu qu'une seule fois.

— Une seule fois ?

— Tracy a toujours été très réticente pour me fournir des détails le concernant, même si son nom figurait sur mon acte de naissance. Elle a même dit et répété à ses parents que c'était un mauvais père. Elle est venue nous voir une fois quand j'avais treize ans, furieuse parce qu'Alastair refusait de payer quelque chose, et dans sa rage, elle a laissé échapper quelques détails sur le lieu où il travaillait. À l'école, j'ai fait semblant d'être malade et j'ai pris le train pour Londres, dans l'espoir de le rencontrer. J'étais curieuse de…

Elle se tut et son visage se ferma.

— C'est normal. Et alors ?

— Je vais te donner sa version à lui de l'épisode, celle qu'il m'a exposée ce soir, parce que je ne veux pas que tu aies une trop mauvaise opinion de lui.

Tout en se lavant les cheveux, elle lui raconta comment sa mère avait usé de ruses et de menaces pour se faire épouser par son père. En vain.

— Après ça, je comprends qu'il ne l'adore pas, dit Dante. Et comment s'est-il comporté avec toi quand il a fait ta connaissance ?

— Il a cru que je venais lui demander de l'argent, ce que je ne pouvais pas comprendre car j'ignorais que la pension que Tracy versait à mes grands-parents venait de lui, et qu'en fait, c'était une toute petite partie de ce qu'il lui donnait. Il a dit qu'il ne voulait pas d'une fille, que j'avais été… une erreur qui lui avait déjà coûté une fortune et qu'il ne désirait pas avoir de relation avec moi, répondit-elle d'une voix tremblante avant de suivre Dante dans la chambre où les attendait déjà le souper qu'il venait de commander.

— Tu avais treize ans, protesta-t-il. C'est impardonnable de sa part.

— J'étais anéantie, répondit-elle en hochant la tête, les yeux dans le vague, happée par ce douloureux souvenir. Je savais déjà que ma mère n'avait aucune affection pour moi, mais c'était plus douloureux encore de me sentir froidement rejetée par mon père de cette façon.

— Finalement, je regrette de ne pas l'avoir frappé, dit Dante. Ta mère lui a sans doute mené la vie dure, mais tu étais quand même sa fille. Et après avoir constaté à quel point Tracy pouvait être horrible, il aurait pu penser d'abord à toi plutôt qu'à garder le secret de ta naissance vis-à-vis de sa femme. Comme si tu étais responsable de la cupidité de ta mère !

— Quelle importance désormais ? Le temps a passé et j'ai envie de lui donner une chance. Je n'ai plus d'autre famille que lui, Dante…

— Et à moi, accepterais-tu de donner une seconde chance ? demanda Dante presque malgré lui. Comme ça, je ne pourrai plus te reprocher ton indulgence envers lui. De toute façon, il a fini par avouer ton existence à sa femme.

— Oui, dit Belle d'une voix ensommeillée en reposant sa tasse avant de se blottir contre lui.

Elle adorait les câlins, même si ce n'était pas trop son style à lui. Il la laissa s'endormir avant de lui ôter son peignoir en éponge, de la glisser entre les draps et de s'allonger de l'autre côté du lit. Mais dix minutes plus tard, elle revint se blottir contre lui. Il était désormais embarqué dans le genre de relation qu'il avait toujours tenu à éviter, sans vraiment savoir comment il en était arrivé là.

D'un autre côté, Belle était de nouveau dans son lit, et c'était ce qui comptait. Jamais il n'avait autant apprécié faire l'amour qu'avec elle, elle éveillait même en lui une jalousie jusque-là inconnue. D'autre part, il appréciait beaucoup sa personnalité, ce qui n'avait pas été le cas pour la plupart de ses maîtresses précédentes. Elle le faisait rire, et il parvenait même à supporter Charlie qui dormait en ce moment même sous le lit comme un bienheureux.

Pourtant, il n'était pas amoureux et ne le serait jamais, même s'il comprenait que c'était ce qu'elle aurait voulu. L'amour n'était pas comme le lapin que le prestidigitateur peut faire sortir de son chapeau quand il le désire. Non, lui, il n'était plus capable d'aimer. Petit, il avait aimé ses parents, ses gouvernantes aussi, même si elles étaient souvent parties sans même lui dire au revoir. Et à l'exception unique de son frère Cristiano, il avait appris à ne pas trop s'attacher car l'amour ne pouvait mener qu'à se sentir trahi ou à perdre ses illusions dans l'amertume.

Le lendemain matin, Belle, sur les nerfs, attendait l'arrivée de son père.

— Que vais-je lui dire s'il m'interroge à notre sujet ? demanda-t-elle à Dante au petit déjeuner. Je suis presque sûre qu'il va me poser la question. Que puis-je lui répondre ?

Dante haussa les épaules avec son fatalisme habituel.

— Dis-lui qu'il s'agit d'une petite aventure sans lendemain et que tu seras bientôt de retour à Londres où tu pourras le revoir, répondit-il sans paraître s'en soucier plus que cela.

Elle pâlit, le cœur serré, et fit mine de se concentrer sur les superbes broderies de la nappe. En quelques mots, il venait d'anéantir tous ses espoirs. Une petite aventure ? Alors qu'il lui avait promis de réfléchir aux conséquences de leur relation ? Une relation qui ne risquait pas de le mener très loin, c'était évident.

Dante l'imaginait donc rentrant à Londres et disparaissant de sa maison et de sa vie bien plus vite qu'elle ne l'avait naïvement envisagé. Pour lui, ils n'avaient aucun avenir en commun. Elle s'était trompée sur ce qu'il avait voulu lui dire la nuit précédente et l'avait interprété de façon complètement erronée.

9.

Toujours aussi superbe en jean et chemise bleue, Dante arpentait la salle d'attente sous le regard de Belle. Son physique exceptionnel faisait tourner la tête à toutes les femmes qu'il croisait, les passantes dans la rue, la réceptionniste qui les avait accueillis et même l'infirmière qui s'occupait d'eux.

Pourvu que le test se révèle négatif et qu'elle ne soit pas enceinte. Que souhaiter d'autre alors que sa vie s'effondrait ? Non, elle n'avait pas le droit d'espérer être enceinte de Dante alors qu'il était clair que, de son côté, il ne le souhaitait pas.

Elle n'avait que deux jours de retard, mais elle connaissait les symptômes de la grossesse et ses seins lui semblaient spécialement tendus et gonflés. Elle croisa les mains sur ses genoux en espérant que Dante finirait par se calmer et s'asseoir.

Une semaine s'était écoulée depuis la visite d'Alastair Stevenson au *palazzo*. Le père et la fille avaient fini par se retrouver, Alastair avait admis qu'il s'inquiétait de sa relation avec Dante et l'avait si habilement questionnée qu'elle s'était crue obligée de lui avouer la vérité. Même si elle était adulte et que cela ne le regardait pas, il redoutait tant qu'elle en souffre qu'il n'avait pu taire son appréhension. Néanmoins, il ne lui avait rien dit d'autre que ce qu'elle s'était déjà dit cent fois à elle-même.

Elle était parfaitement consciente que, concernant Dante, elle s'était montrée naïve, impulsive et trop prompte à croire ce qu'elle avait envie de croire. Durant la semaine précédente, cependant, elle avait réussi à oublier la situation. Dante avait clairement exprimé ses intentions et elle devait faire face du mieux qu'elle pourrait. Ironie du sort, depuis qu'il avait détruit ses illusions, il se montrait particulièrement prévenant et attentif. Sans doute s'entraînait-il à jouer la comédie pour ses invités, Eddie et Krystal, qui étaient attendus le soir même pour le dîner. Belle redoutait leur arrivée car, en leur présence, il lui faudrait surveiller chacun de ses gestes, chacune de ses paroles.

L'infirmière revint et les dirigea vers le médecin anglophone choisi par Dante pour pratiquer le test de grossesse. La gorge serrée, Belle s'assit en face de lui.

— Félicitations, dit-il avec un large sourire.

Elle n'osa pas regarder en direction de Dante qui, à sa grande surprise, lui prit la main. Durant tout le reste de la consultation, elle se sentit comme dans une bulle, hors du monde réel. C'était le choc, sans doute, et même si elle se doutait déjà de la vérité, cette confirmation, comme l'annonce de la date probable de la naissance, lui fit l'effet d'un coup de massue.

— C'était instructif. En définitive, nous allons pouvoir continuer à faire l'amour, dit Dante en l'aidant à monter dans le coupé qu'il conduisait lui-même.

— Mais je ne serai plus là pour faire l'amour avec toi, répondit-elle d'un ton acerbe. Je vais rentrer à Londres.

Comment pouvait-il réagir à l'annonce de cette grossesse accidentelle en disant simplement : « En définitive, nous allons pouvoir continuer à faire l'amour » ?

Dante observa Belle. Malgré son sens de l'humour à toute épreuve, elle n'avait pas réagi comme il l'attendait. Elle était pâle comme un linge et dès les premiers mots du médecin, elle semblait s'être transformée en zombie, comme s'il venait de lui annoncer qu'elle n'avait plus que quelques jours à vivre. Peut-être n'aimait-elle pas du tout les enfants ? Pourquoi n'avait-il pas abordé ce sujet au cours de la semaine précédente ? Peut-être était-elle horrifiée à la perspective de devenir mère et d'avoir à subir tous les aléas de la maternité.

Il avait passé toute la matinée à se demander comment elle allait réagir s'il se confirmait qu'ils deviendraient parents dans quelques mois, sans s'interroger sur sa réaction à lui. Il avait pourtant pensé à celle de ses parents, qui triompheraient certainement en apprenant que leur précieuse lignée subsisterait, ce qui avait plutôt tendance à irriter Dante. De son côté, après s'être longtemps promis, à l'époque de sa jeunesse rebelle, de se faire vasectomiser par pur désir de vengeance, à vingt-huit ans, il avait d'autres buts dans l'existence que de marquer des points contre son père et sa mère, si odieux soient-ils. Après tout, rien ne ramènerait jamais Cristiano à la vie ni ne ferait de ses parents des gens bien.

Et lui, qu'avait-il ressenti en apprenant cette nouvelle ? De l'appréhension devant les défis qu'il allait devoir relever, car rien dans son éducation ne l'avait préparé à être un bon père. Mais il pourrait toujours apprendre, et à plus courte échéance, il y avait quelque chose d'excitant à penser que Belle portait son enfant. Non seulement il se sentait plus possessif encore vis-à-vis d'elle, mais des images de cet enfant avaient commencé à envahir son cerveau, sans doute sous le choc de la révélation.

— Nous ferions mieux de ne plus penser à tout cela jusqu'au départ de nos invités, dimanche, dit-il doucement. C'est un sujet très déstabilisant qu'il vaudrait mieux aborder plus tard.

Belle, le cœur chaviré par les virages, contemplait sans la voir la superbe campagne toscane qu'ils traversaient. Il ne voulait absolument pas aborder le sujet. Ou tout simplement, il avait peur de la mettre de mauvaise humeur juste avant l'arrivée d'Eddie et Krystal. Mais pourquoi avait-il employé le terme « déstabilisant » ? Envisageait-il un avortement ? Un frisson glacé la parcourut des pieds à la tête.

« En définitive, nous allons pouvoir continuer à faire l'amour. » Mais existait-il une circonstance dans laquelle il aurait pu ne pas vouloir faire l'amour ? La semaine précédente, il n'avait eu de cesse de l'interrompre dans tout ce qu'elle faisait pour l'entraîner dans un coin sombre, ou dans un lit, sur un canapé, sous la douche. Et ça s'était même passé dans le jardin alors qu'elle était en train de jouer avec Charlie.

— Je t'ai aperçue et je n'ai pas pu résister, *cara mia*, avait-il chuchoté en la prenant par les hanches pour la faire aller et venir jusqu'à ce qu'elle perde toute notion de ce qui les entourait et toute capacité de protester.

Il paraissait insatiable, et elle était incapable de lui résister, il fallait bien le reconnaître, même si elle avait tenté de garder ses distances pour réduire au maximum ces occasions d'intimité. En fait, elle avait passé la plus grande partie de son temps à lire dans sa chambre, pelotonnée dans un fauteuil, mais elle s'était vite rendu compte que ce n'était pas vraiment *sa* chambre : Dante y entrait sans cesse sous prétexte de lui demander ce qu'elle faisait, alors qu'il le savait parfaitement. Il qualifiait ses lectures de déprimantes et l'invitait à aller se promener ou à déjeuner avec lui à Florence. Une fois, il l'avait même emmenée prendre un café avec son « amie » Liliana. Mais Liliana n'avait rien d'une « amie » : cette brune, avocate, superbe, avait scruté Belle d'un regard à la fois plein de mépris et d'envie, sans pratiquement lui adresser la parole. Elle réservait visiblement toute son attention à Dante, qui n'avait pourtant pas semblé remarquer la tension entre elles deux.

Sans parler de tous les cadeaux qu'elle n'avait ni désirés ni appréciés, dont une petite réplique en or de Charlie au bout d'une chaîne. Un châle en cachemire qu'il avait acheté un matin, convaincu qu'elle avait froid parce qu'elle avait frissonné quand il lui avait caressé le dos d'une main distraite et qu'elle avait été trop embarrassée pour lui dire la vérité. Un sac à main qu'elle avait admiré un instant dans une vitrine avant de comprendre qu'avec Dante, mieux valait ne pas regarder le moindre objet si elle ne voulait pas qu'il coure l'acheter. Même si elle appréciait sa générosité, il allait trop loin.

Hélas, tout ça ne voulait pas dire qu'il l'aiderait à élever leur bébé. Il n'avait sans doute pas la moindre envie de les fréquenter pendant des années, cet enfant et elle. Si elle avortait, elle partirait et la vie de Dante reprendrait son cours habituel. Leur relation serait définitivement terminée. Au fond n'était-ce pas de cette façon qu'il s'était toujours comporté avec les femmes ?

Conserver à tout prix sa liberté, c'était bien son but essentiel dans l'existence et la raison pour laquelle, au départ, il l'avait engagée.

« Si je vous offre ce travail, c'est justement parce que vous êtes une étrangère pour moi et que je vous paierai pour fournir la prestation dont j'ai besoin. Une fois votre travail terminé, comme je ne vous connais pas, vous partirez sans poser de problème. Vous ne vous accrocherez pas à moi, vous ne vous imaginerez pas que j'ai des obligations envers vous ni que le fait de m'avoir aidé a pu créer une relation particulière entre nous. »

Un bébé était bel et bien une obligation sur le long terme dont il n'avait aucun désir de s'encombrer, pas plus que son père à elle quand il était jeune.

— Il faut que je te dise une chose, dit-elle tout bas. Je n'envisage pas d'avorter.

— Je n'avais pas l'intention de te le proposer, répondit-il d'une voix tendue. Il n'en est pas question.

— Oh…

Soudain tout son corps se détendit : elle allait pouvoir désormais penser au bébé qu'elle portait sans redouter un conflit et sans culpabilité. Son bébé, sa petite famille. Au fond, même s'il n'avait pas été prévu ni conçu comme elle l'aurait désiré, quelle importance ? Ce qui comptait, c'était qu'il soit en bonne santé et qu'elle soit pour lui une mère plus aimante que la sienne l'avait été.

— Où vas-tu ? demanda Dante en la voyant monter l'escalier dès qu'ils furent arrivés au *palazzo*.

— J'ai envie de faire une petite sieste. Je ne veux pas m'endormir ce soir devant tes invités.

— *Nos* invités.

— Tu as raison. Je dois vraiment assumer mon rôle, répondit-elle à regret.

Son rôle : une femme amoureuse, bien dans sa peau et sûre d'être aimée par Dante, exactement l'inverse de ce qu'elle ressentait en cet instant. Qu'éprouvait-il, lui, de son côté ? Mais il ne servait à rien d'y penser avant la fin du week-end.

Dante se plongea dans son travail, refusant de réfléchir à ce qu'ils venaient de découvrir. C'était comme ça et il faudrait bien faire avec, telle avait toujours été sa ligne de conduite en cas de problème. Il ne s'énervait pas, il ne se mettait pas en colère, il ne se plaignait pas. Il suivait le cours des événements en essayant de faire les meilleurs choix.

Eddie Shriner était un quadragénaire lourdement bâti aux cheveux bruns, aux yeux gris et au regard vif, et Krystal une petite blonde aux yeux bleus et aux courbes voluptueuses parfaitement mises en valeur par une jupe ajustée et un décolleté profond. Elle avait une voix basse et rauque de séductrice. Une beauté classique, Belle devait bien le reconnaître, même si elle se sentait mal à l'aise à l'idée que Dante avait couché avec cette femme.

Krystal n'avait pour sa part pas l'air gênée de se retrouver en compagnie de son mari et de son ancien amant. Dès le seuil franchi, son regard d'aigle en chasse se riva à Dante et elle ignora pratiquement Belle lors des présentations. Elle ne releva même pas le fait qu'elles étaient toutes deux anglaises. Durant le dîner, elle fit tout pour attirer l'attention de Dante, interrompant régulièrement la conversation des deux hommes avec des propos aguicheurs. Elle s'attendait visiblement à susciter l'intérêt des mâles, et s'intéressait peu aux autres femmes : c'était tout juste si elle répondit à Belle quand celle-ci tenta d'engager la conversation.

Quand un employé vint servir le vin, Belle posa la main sur son verre et demanda de l'eau. Krystal leva vers elle un regard surpris.

— Vous ne buvez pas ?

— Non.

Même avant d'être enceinte, elle n'avait jamais beaucoup bu car elle supportait mal la sensation de perte de contrôle que l'alcool lui donnait.

— Je vois, vous avez un problème, insinua Krystal d'un air narquois. Ça ne doit pas vous faciliter la vie en société.

— Vous avez raison, répondit Belle qui lui aurait volontiers jeté son verre d'eau à la figure.

Krystal semblait ravie d'avoir découvert une faille chez sa rivale, et prête à enfoncer le clou pour l'humilier en public.

— Si je ne bois pas, continua Belle, c'est que Dante et moi attendons notre premier enfant…

En entendant cela, Dante, la mâchoire serrée et le regard étincelant, tourna la tête de leur côté tandis qu'Eddie les félicitaient chaleureusement. Comme il n'était pas complètement aveugle au penchant de sa femme pour Dante, il accueillit la nouvelle avec une satisfaction non dissimulée et sembla se détendre sur son siège.

Krystal, au contraire, les lèvres serrées, se raidit et riva sur Belle son regard bleu, tranchant comme une lame.

— Dites donc, vous allez vite en besogne, s'exclama-t-elle. Je croyais que ça faisait à peine quelques semaines que vous étiez ensemble !

— Parfois, répondit Dante en voyant rougir Belle, on comprend tout de suite ce qu'il en est.

— C'est vrai, personnellement, dès que j'ai rencontré Krystal, j'ai su qu'elle était la femme de ma vie, dit gaiement Eddie.

*
* *

— Tu n'aurais pas dû leur parler du bébé, dit Dante à Belle un peu plus tard dans la soirée, quand elle sortit de la salle de bains.

Elle était vêtue d'un vieux pyjama qu'elle s'obstinait à porter parce qu'elle le trouvait confortable, au lieu des nuisettes sexy qui faisaient désormais partie de sa garde-robe. Pas question de se comporter ni de s'habiller comme une « maîtresse » qui se servait de son corps exclusivement pour attirer son amant, le garder et le maintenir sous sa coupe. Jamais elle ne tomberait aussi bas.

— Tu aurais dû me préciser que je devais garder le secret, répondit-elle, même si, tout au fond de son cœur, elle savait pertinemment qu'elle l'avait divulgué par pure jalousie, pour rendre à Krystal la monnaie de sa pièce.

— Je ne m'attendais pas à ce que tu leur annonces la nouvelle.

— Rien ne nous donnera mieux l'apparence d'un couple définitif qu'un futur bébé, répondit-elle tout en essayant de passer le peigne dans ses cheveux pour les dompter. Krystal était stupéfaite… et furieuse.

— Maintenant, elle va s'en prendre à toi plutôt qu'à moi.

— Cela vaut mieux. Moins elle s'occupera de toi, plus son mari sera content, dit Belle qui avait observé avec attention la partie qui se jouait pendant le dîner.

— Je ne suis pas certain que tu sois à la hauteur pour te défendre contre sa langue de vipère, répondit doucement Dante en lui prenant le peigne des mains. Arrête, laisse-moi faire ou tu ne vas plus avoir un cheveu sur le crâne.

Elle s'immobilisa le temps qu'il démêle avec beaucoup de douceur ses boucles cuivrées. Puis il reposa le peigne.

— Merci. Mais tu sais, Dante, j'ai déjà croisé pas mal de vipères dans ma vie, et je n'ai rien d'une victime incarnée : je sais parfaitement me défendre.

— Heureusement, demain, nous aurons quelque chose à

faire puisque nous allons survoler la région. Tu ne devrais pas trop avoir à te mesurer à elle.

— Je suis coriace, et d'ailleurs, c'est la mission pour laquelle tu m'as engagée, lui rappela-t-elle sèchement.

— Inutile de me le rappeler, dit-il en arrachant une feuille à un bloc posé sur une table. Fais tout de suite la somme de ce que je te dois et je te paye immédiatement… D'accord ?

Prise de court, les joues en feu, la bouche tremblante, terriblement mortifiée, elle fixa la feuille blanche. Il était toujours décidé à la payer, mais elle répugnait désormais à accepter cet argent qui lui rappelait la façon dont ils s'étaient rencontrés et l'arrangement qu'ils avaient conclu, puisque rien ne s'était passé comme prévu.

— Je ne veux plus de ton argent. Ce serait comme si tu me payais pour faire l'amour.

— Jamais je n'ai payé pour faire l'amour ! Pourquoi déformes-tu tout ? Pourquoi m'accuser d'une chose pareille ? demanda-t-il, rouge comme un coq.

— C'est la façon dont moi, je le ressens !

— Cette somme, je te la dois, et je paie toujours mes dettes. Inutile d'en faire toute une histoire ! D'ailleurs, nous avons déjà assez de problèmes pour ne pas perdre de temps en discussions sans intérêt !

Allusion au bébé, évidemment, ce bébé qu'il considérait comme un problème alors que, pour elle, c'était une chance. Puisqu'il était si décidé à lui donner cet argent, se dit-elle, le cœur lourd, elle ferait mieux de l'accepter et de l'économiser pour le bébé. Dante sortit de la chambre et elle finit par se mettre au lit, trop épuisée pour se tracasser plus longtemps. Et puis, pas question d'arriver au petit déjeuner devant Krystal avec les yeux cernés, signe qu'elle aurait passé une mauvaise nuit. Un texto bipa sur son téléphone, ce qui la fit réagir car elle n'en recevait pas si souvent : depuis qu'elle était en France, elle avait peu à peu perdu le contact avec ses amis londoniens.

Elle se redressa et attrapa son téléphone avec un soupir.

C'était un numéro inconnu. Étonnant. Puis elle afficha le message et tressaillit. C'était Tracy, sa mère, qui ne l'avait pas appelée depuis trois ans et ne répondait pas aux messages qu'elle lui envoyait de temps en temps.

À la lecture du texto, Belle sentit tout son corps se raidir : Tracy était en Italie, et demandait à la voir pour renouer le contact. Mais pour quelle raison ? Et comment sa mère savait-elle où elle était ? Après ce que lui avait raconté son père, elle ne voulait plus rien avoir à faire avec sa mère, et elle n'avait aucune envie de la rencontrer pour le lui dire. Elle rédigea un message pour lui demander de l'excuser, prétextant qu'elle n'aurait pas le temps, avant de se remettre au lit. Mais comment ne pas être déstabilisée par les souvenirs désagréables que lui avaient laissés Tracy et ses absences au long cours ?

Tandis que Belle s'efforçait de dormir, Dante, les nerfs à vif, tournait en rond dans son bureau. Une fois de plus, il avait tout fait échouer avec Belle parce qu'il avait mal prévu sa réaction. Les femmes étaient tellement susceptibles – ou du moins, c'était le cas de Belle. Elle interprétait si souvent ses actions à lui d'une façon qui ne lui serait même pas venue à l'esprit. S'il voulait lui donner cet argent, c'était pour qu'elle ne se sente pas prise au piège. Ainsi, elle n'aurait pas à demander d'aide financière à son père : cela faisait trop peu de temps qu'elle était en relation avec Alastair Stevenson et la cupidité de sa mère rendait toute sollicitation très délicate. Dante n'en revenait pas. Comment pouvait-il adorer cette fille qui traitait sa richesse comme une tare ? Chaque fois qu'il voulait lui faire un cadeau, elle refusait, comme si elle était décidée à ne rien accepter de lui. Cela n'augurait rien de bon pour l'avenir.

Le lendemain matin, Belle se réveilla dans un lit vide, même si un creux dans l'oreiller prouvait que Dante avait fini par la rejoindre et s'était levé avant elle. Qu'il ait pu garder toute la nuit ses distances était inhabituel. La découverte de sa grossesse l'incitait-elle déjà à s'éloigner ?

Elle descendit déjeuner dans sa plus jolie robe, car à côté de Krystal, si féminine, elle avait peur de perdre tout éclat. Elle s'attendait à retrouver Dante, mais seule Krystal l'attendait, assise à la table dressée dans la loggia qui ouvrait sur un paysage magnifique.

— J'ai dû semer la panique en cuisine quand je suis descendue, dit Krystal sur un ton fort amical, je suis très matinale !

Elle observa Belle à qui on servait un thé accompagné d'un croissant.

— Vous n'avez pas l'air de souffrir de nausées matinales.

— Pas encore, sans doute, mais d'après le médecin, ça ne se produit pas forcément, répondit Belle d'un ton léger.

— Espérez-vous que Dante va vous demander en mariage ? demanda Krystal abruptement.

— Non, je n'y ai même pas pensé. Je suis très indépendante.

— Tant mieux pour vous, il a toujours été contre le mariage. Il est allergique à tout engagement, ce qui explique que je l'ai quitté, dit Krystal avec un petit frémissement des épaules qui laissait entendre que leur relation avait duré bien plus longtemps qu'en réalité. Évidemment, avec l'éducation qu'il a eue, on ne peut pas s'attendre à autre chose. Son frère avait été conditionné pratiquement depuis sa naissance à se marier et à donner un héritier à la famille. Maintenant qu'il est décédé, Dante est censé reprendre le flambeau… Sauf qu'il a toujours juré qu'il ne se marierait jamais et qu'il n'aurait pas d'enfant.

— C'est vrai, répondit Belle tranquillement, comme si rien de tout cela n'était une révélation pour elle.

Toutefois, elle n'avait pas fait le rapprochement entre l'enfance de Dante, la mort de son frère, et son rejet de l'engagement et de la paternité. Mais Krystal avait raison, vu son passé, c'était normal qu'il n'ait pas envie d'exaucer le vœu le plus cher de ses parents et de perpétuer la lignée familiale. Heureusement pour Belle, jamais elle n'avait même songé à l'épouser.

— Aujourd'hui, on ne se marie plus parce qu'il y a un enfant en route, dit Belle, ravie de voir le regard de Krystal se durcir devant son absence de réaction.

Dante apparut alors en compagnie d'Eddie, à qui il avait apparemment fait faire le tour du *palazzo* et de la propriété. Un hélicoptère les attendait et, tandis que Dante aidait Belle à monter à bord, elle regretta de ne pas avoir choisi une tenue plus pratique. Mais elle eut bientôt un souci d'un autre ordre : elle avait du mal à supporter les trépidations de l'hélicoptère. Eddie s'extasiait en découvrant du ciel les centaines d'hectares de terre toscane sauvage qui lui appartenaient, mais Belle était au bord de la nausée.

Dès que l'appareil se fut posé, elle descendit en chancelant et courut se cacher derrière un arbre pour vomir tranquillement. Soudain, une main secourable lui écarta les cheveux du visage et lui caressa le dos.

— Tu es devenue verte dans l'hélicoptère et j'ai compris que tu étais malade, dit Dante. Mais j'ai préféré ne rien dire…

Comme la tête lui tournait, elle s'appuya à lui.

— Comment se présente ton affaire ? demanda-t-elle à voix basse pour changer de sujet.

— Eddie veut me vendre l'ensemble de la propriété, pas seulement la partie qui appartenait à Cristiano, et j'ai accepté son offre. Je vais transformer l'essentiel en réserve naturelle, mais je garderai pour moi la forêt que mon frère aimait tant.

— C'est une charmante façon de perpétuer son souvenir.

— J'aimerais te montrer le chalet qu'il habitait, dit Dante. Nous allons rentrer par la route, comme ça, tu n'auras pas à reprendre l'hélicoptère.

Une fois de plus, il se révélait attentionné au moment où elle s'y attendait le moins, se dit-elle tristement en appuyant la tête contre son épaule. Elle luttait pour prendre ses distances alors qu'elle aurait plutôt eu envie, comme les autres, de s'accrocher à lui. Elle huma son odeur familière – eau de Cologne et pure virilité – qui lui faisait tourner la tête de désir. Sans doute était-il de bonne humeur parce que leur petite comédie lui avait permis d'obtenir ce qu'il voulait ; Eddie avait accepté de lui vendre la propriété. Concernant leur relation, Dante s'était montré honnête avec elle dès le début, mais il était désormais bien obligé de transiger : il pouvait difficilement exprimer ce qu'il ressentait au sujet de leur enfant.

Mais elle-même, avait-elle toujours admis la vérité concernant ses sentiments envers lui ? Elle rejoignit à pas lents les invités pour admirer le fabuleux paysage du haut de la colline. À quel moment précis était-elle tombée amoureuse de Dante ? Sans doute à Paris, bien avant qu'elle en ait réellement conscience, quand il s'était enfin ouvert à elle et lui avait parlé de son frère et de sa famille. Lentement mais sûrement, elle avait compris que, pas plus qu'elle, il n'avait reçu dans son enfance l'amour que tout enfant devrait recevoir, l'amour de ses parents. Et c'était pour cette raison qu'il se gardait des sentiments et se méfiait au plus haut point de tout attachement.

Les grands-parents de Belle avaient eu beau l'aimer, en grandissant, elle s'était sentie terriblement coupable : comme sa mère ne s'intéressait pas à elle, ses grands-parents avaient été forcés de l'élever alors qu'ils étaient déjà à la retraite. Dante, lui, n'avait été aimé que par son frère, et comme leurs parents ne leur montraient aucun amour, il leur était difficile d'en ressentir. Pourtant, plus Belle en apprenait sur lui, plus elle l'aimait. Et, du fait de leur intimité feinte, elle se sentait de plus en plus proche de lui, même si lui ne l'aimait pas.

Krystal et Eddie reprirent l'hélicoptère pour aller déjeuner à Florence tandis que Dante et Belle s'arrêtaient dans une clairière qui surplombait un petit lac tranquille. Une maison de bois à deux étages se trouvait là.

— C'est un bâtiment très moderne, dit Belle, surprise.

— Quand Cristiano l'a construit, il n'y avait ni électricité ni chauffage. À la fin d'une semaine éprouvante pour lui à la banque, il aimait venir y décompresser. Après en avoir discuté avec lui, j'ai fait installer par mon entreprise une éolienne et des panneaux solaires.

Elle contempla les grands arbres. L'endroit était merveilleusement tranquille.

— N'aurions-nous pas dû rester en compagnie d'Eddie et de Krystal ? demanda-t-elle.

— Non. Krystal a dit qu'elle avait suffisamment profité de la campagne pour le reste de sa vie et Eddie a préféré l'emmener faire du shopping en ville dans l'espoir que ça la mettrait de meilleure humeur, répondit Dante en ouvrant la porte de la maison. Ce n'est pas très grand…

Belle pénétra dans la salle confortablement équipée. Posés sur la table, près de la cheminée, un panier de pique-nique et une bouteille de vin glacée les attendaient.

— C'est pour qui ? D'où ça vient ? demanda-t-elle.

— Un employé l'a apporté pour notre déjeuner. Il faut que tu manges. Tu préfères à l'intérieur ou à l'extérieur ?

— Dehors, à l'ombre.

La maison avait été pratiquement vidée de tout objet personnel, il n'y restait que quelques meubles.

Dante étala une couverture dans l'herbe ; Belle ôta ses chaussures et s'assit par terre pour examiner le contenu du panier.

— Quel bel endroit, dit-elle en en sortant des assiettes. Tu venais souvent voir Cristiano ici ?

— Oui. En été, il aimait bien dormir sur le toit terrasse, il mettait un point d'honneur à ne pas utiliser l'électricité que je lui avais fait installer ! Ici, il avait la paix, il se sentait bien.

— Ses chiens devaient aussi s'y plaire, dit-elle.

Pourquoi Dante ne s'asseyait-il pas ? Pourquoi avait-il l'air aussi tendu ?

— Il faut que nous discutions sérieusement, toi et moi, dit-il soudain.

— Je croyais qu'il valait mieux attendre le départ d'Eddie et Krystal.

— La nuit dernière, je me suis dit que je ne pouvais plus attendre davantage. Il faut qu'on parle de notre enfant.

— Je m'occuperai de lui procurer tout le nécessaire, dit-elle en lui faisant passer l'assiette qu'elle lui avait préparée. Tu n'as pas faim ?

— Pas vraiment. Cet enfant est aussi le mien, reprit-il après un long silence. Je veux participer pleinement à sa vie.

— Toi ? fit-elle sans cacher sa stupéfaction.

Il s'allongea à côté d'elle. Son jean noir mettait ses longues cuisses musclées en valeur et elle s'efforça de repousser la bouffée de désir qui monta en elle.

— Un enfant n'a pas besoin d'être programmé pour être désiré, dit-il d'une voix douce mais ferme. Belle, je veux t'épouser...

— Tu sais bien que ce n'est pas vrai, répondit-elle d'un ton définitif, alors même que cela lui brisait le cœur. Allons, même les paparazzis sont sidérés que tu m'aies fait venir au *palazzo* tellement tu as l'engagement en horreur. Un homme comme toi n'est pas suffisamment disponible pour offrir une place dans sa vie à un enfant. C'est une responsabilité trop lourde, et qui, de plus, dure. Je t'en prie, n'invente pas des mensonges polis pour me manipuler.

— Je ne cherche pas à te manipuler. La vérité, c'est que, depuis que tu es entrée dans ma vie, tout a changé...

— Mais oui, j'ai tout fait rater, dit-elle sèchement.

Il fallait qu'elle se protège, qu'elle ne commette pas la terrible erreur d'épouser un homme qui ne s'y résignait que par obligation, un homme qui ne l'aimait pas.

— Je suis tombée enceinte et toi, tu t'en sens responsable.

— Absolument pas.

— Mais si ! Tu envisages même d'aller contre ta vraie

nature et tu me proposes une solution qui te fait horreur, répondit-elle, le cœur serré.

Seule la pitié le faisait réagir ainsi, il était convaincu qu'elle ne saurait pas s'en sortir toute seule. Quelle humiliation ! Mais elle se reprit.

— Mais je suis tout à fait capable de rentrer vivre en Angleterre et d'élever seule mon enfant.

— Bien sûr que tu en es capable, mais ce ne serait la meilleure solution ni pour toi ni pour moi. Je tiens à être avec toi, et avec mon enfant, répondit-il, furieux.

Il ne s'était pas attendu à ce qu'elle se montre enthousiaste, mais la discussion tournait plus mal encore qu'il ne l'avait redouté.

— Si tu me connaissais vraiment, dit-elle, tu saurais que jamais je ne chercherai à me mettre entre toi et notre enfant. Au contraire, j'accepterai n'importe quel arrangement raisonnable qui te permettra de garder le contact avec lui.

— Ça ne me suffit pas, dit-il en se levant.

Il alla se servir un verre de vin glacé et la dévisagea.

— Jamais je ne céderai sur ce point, tu sais : quand tu me défies, ça me rend d'autant plus obstiné, dit-il.

Elle détourna le regard et prit une très lente inspiration en clignant des yeux pour ravaler ses larmes. Pas question d'épouser Dante parce qu'elle était enceinte, ni de laisser l'attirance qu'elle éprouvait pour lui s'éteindre peu à peu jusqu'à ce qu'ils n'aient plus rien en commun que leur enfant. Il méritait mieux que d'épouser une femme qu'il n'aimait pas. Et elle aussi, méritait mieux que de se marier avec un homme qui ne l'aimait pas.

— Je te laisse jusqu'à demain soir pour réfléchir à ma proposition, déclara-t-il d'une voix ferme. Demain, je dois assister à des obsèques en Bretagne. Je partirai de bonne heure.

— Les obsèques de ton employé ?

— Oui. C'était un type bien. Et il aurait pu occuper un autre poste, qui ne l'aurait pas contraint à travailler en hauteur.

C'était pour cela qu'elle l'aimait, parce qu'il tenait vraiment à ses employés, si nombreux soient-ils, et que sa peine était sincère. Même s'il répugnait à le reconnaître, il avait du cœur, et c'était pour cette raison qu'elle voulait se comporter correctement envers lui. Il croyait devoir l'épouser parce qu'elle était enceinte, mais c'était une idée dépassée. Elle saurait très bien se débrouiller seule, et elle souffrirait moins que si elle l'épousait pour le perdre ensuite.

Krystal et Eddie partirent le lendemain matin de bonne heure, et Dante juste après eux. À son attitude distante, Belle comprit qu'il était mécontent qu'elle ait refusé de l'épouser ; pour lui, c'était la solution miracle aux problèmes que cet enfant risquait de lui poser. Mais un mariage ne résoudrait aucune complication, bien au contraire.

L'après-midi, Belle rendit visite aux chiens de Cristiano. À son retour au *palazzo*, on lui apprit qu'une visiteuse l'attendait. En découvrant Tracy assise confortablement dans le salon, feuilletant un magazine tout en dégustant une tasse de thé, elle fut absolument consternée.

— J'espère que tu as enfin repris tes esprits, lui dit sa mère d'un air narquois en posant son magazine.

10.

— Allons, allons, détends-toi, dit la blonde Tracy, avant même que Belle ait pu ouvrir la bouche. J'ai fait preuve de discrétion, je me suis présentée comme une de tes amies. Je suis certaine que tu n'as rien dévoilé à Dante de tes origines douteuses : mieux vaut ne pas révéler à un homme qu'on vient de plus bas que lui.

— Qu'est-ce que tu viens faire ici ?

Le regard vert de Tracy, qui faisait bien dix ans de moins que son âge, se durcit.

— C'est ta faute, répondit-elle. Tu as prétendu être trop occupée pour me voir ! Que pouvais-je faire ?

— Prendre tes cliques et tes claques et me laisser tranquille, répondit Belle sans ambages. Comme il y a trois ans, quand tu as quitté Londres en m'abandonnant alors que je n'avais même pas un lit où dormir.

— Tu restes quand même ma fille.

— Une fille dont tu n'as jamais voulu. Même si tu t'es servie de moi pour arracher à mon père des dizaines de milliers de livres sans rien donner ou presque à grand-père et grand-mère qui m'élevaient.

— Alors comme ça, tu as rencontré Alastair et tu as cru à ses mensonges, fit Tracy d'une voix mauvaise.

— Exactement. Et je n'ai rien d'autre à te dire. Je ne comprends même pas ce que tu es venue faire ici.

— Tu ne peux pas être à ce point stupide ! Bien évidemment, je veux ma part de la mine d'or dans laquelle tu vis.

— Je n'ai rien à partager avec toi.

— Il doit quand même te verser une petite pension !

— Non, il est terriblement radin.

— Le restera-t-il si je menace de contacter la presse et de révéler l'histoire de tes origines ? Et crois-moi, il y a des détails sordides que tu ignores.

Belle avait pâli, mais elle resta ferme.

— Ça lui sera bien égal, répondit-elle. Et je sais que jamais il ne te laissera exercer un tel chantage, ni sur lui ni sur moi.

— Si tu changes d'avis, tu as mon numéro de téléphone, dit Tracy en empoignant son sac. À bientôt !

Belle ne respira vraiment qu'en voyant sa mère monter dans le taxi qu'elle lui avait commandé. Cette visite la rendait à proprement parler malade, d'autant que Tracy ne lui avait même pas demandé comment elle allait, ni comment se passait sa relation avec Dante. Elle ne voyait en elle qu'une source de revenus supplémentaires, comme toujours, une vache à lait qui lui permettait en plus de punir Alastair Stevenson de ne pas l'avoir épousée. Ravalant ses larmes, Belle regretta d'être aussi faible : elle aurait dû arrêter depuis bien longtemps de se faire la moindre illusion sur sa mère.

Cependant, elle était horrifiée à l'idée que Tracy mette sa menace à exécution et contacte la presse pour vendre une histoire aussi sordide que mensongère à son sujet. Cela gênerait certainement Dante, et Belle ne pouvait le supporter. Même si Tracy était une croix, c'était la sienne, il n'avait pas à en pâtir. Mais la seule façon de le protéger, c'était de le quitter : si elle ne vivait plus avec lui, aucun journal ne s'intéresserait à sa vie si ordinaire.

Peut-être Tracy lui avait-elle rendu service en la poussant à quitter son nid douillet du *palazzo*. Maintenant que sa tâche était terminée, elle n'avait plus rien à y faire. Eddie avait accepté de vendre la propriété de Cristiano à Dante et ce dernier allait lui verser, à elle, une jolie somme pour les deux semaines passées en sa compagnie, ce qui lui permettrait d'assurer un petit nid confortable à leur bébé.

Oui, il fallait qu'elle quitte Dante. Naturellement, dans quelques mois, elle reprendrait contact avec lui. Entre-temps, la situation aurait évolué et il aurait compris que ce mariage n'était pas une bonne idée. À quoi bon rester ? Si elle partait, il retrouverait sa liberté. Rester, c'était tenter de se cramponner à lui. D'ailleurs, il ne le lui avait pas demandé et il l'avait déjà payée pour la comédie qu'elle avait jouée.

Et puis, si elle partait dès maintenant, elle l'oublierait plus vite. Si elle restait, au contraire, elle finirait par céder et par l'épouser, et elle risquait de l'aimer de plus en plus. Si elle devenait sa femme – même pour peu de temps –, si elle s'habituait au bonheur d'avoir une place dans sa vie, le quitter serait d'autant plus douloureux. Il serait plus facile de l'oublier si elle le quittait aujourd'hui que si elle acceptait un mariage qui se terminerait fatalement quand il se serait lassé d'elle.

Hélas, rentrer rapidement était impossible du fait des règlements qui conditionnaient le retour de Charlie en Angleterre. En revanche, voyager en France serait plus facile et moins coûteux. Elle allait partir par le train et retourner vivre dans son camping-car jusqu'à l'obtention des documents qui lui permettraient de ramener Charlie en Angleterre. Inutile de se charger de trop de bagages ; dans quelque temps, elle ne pourrait plus rentrer dans ses vêtements. Et il n'était pas question d'emporter les bijoux que Dante lui avait offerts. Pourtant, peut-être ferait-elle mieux de les prendre et de les revendre plus tard, pour le bébé, même si Dante lui paierait sûrement une pension ? En tout cas, il serait certainement soulagé de voir son problème le plus encombrant disparaître de son toit avec elle.

Les yeux brouillés par les larmes et la gorge serrée, accablée à la perspective de devoir vivre sans lui, elle remplit une petite valise. Ils n'avaient vécu que deux semaines ensemble, mais elles avaient suffi à bouleverser sa vie. Il était entré définitivement dans son cœur et elle ne pouvait plus imaginer la vie en son absence, exactement comme toutes les malheureuses qu'il méprisait parce qu'elles s'accrochaient à lui.

Pourtant, elle avait vécu des années seule, il lui suffirait de recommencer. Deux semaines seulement. Il fallait qu'elle redevienne la femme sensée et pratique qu'elle était avant de le connaître. Convaincue que cela était possible, elle ouvrit l'ordinateur qu'il lui avait donné et consulta les horaires des trains.

À son retour, Dante apprit que Belle avait quitté le *palazzo* un peu plus tôt avec Charlie et une valise.

Il mit un moment à enregistrer l'information. Elle ne pouvait pas être partie ainsi, parce que aucune femme ne l'avait jamais quitté. C'est lui qui partait, quand ça l'arrangeait. Mais cette fois, la roue semblait avoir tourné. Dans la chambre, il découvrit un billet posé sur les bijoux qu'il lui avait offerts, « Merci pour l'argent. Je te recontacterai », qui n'eut pas l'effet espéré par Belle.

Ainsi, elle avait refusé de seulement réfléchir à la possibilité de l'épouser. D'emblée, il avait compris qu'elle n'était pas intéressée, même si elle avait accepté son argent avant de partir. Ce qui l'avait contrariée, c'était la demande en mariage, mais pas suffisamment pour qu'elle l'abandonne sur-le-champ. S'il avait eu le cœur à rire, il aurait apprécié que devenir sa femme l'ait irritée plutôt que ravie. Lui qui était considéré comme un gros gibier dans la chasse au mari, la cible idéale de toute célibataire, il s'était fait descendre en flammes. Hélas, devant son lit vide, il n'avait pas envie de rire.

À mi-chemin de l'enterrement en Bretagne, il avait compris qu'il n'avait pas correctement formulé sa demande en mariage, ni dit le dixième de ce qu'il aurait dû. Par orgueil, il n'avait pas avoué à Belle qu'il l'aimait. Il tenta de se représenter la vie sans elle et jura entre ses dents. C'était une vie si lugubre qu'il en devint livide. Et elle avait même emmené le chien.

Il descendit en courant de l'étage et se précipita sur l'ordinateur qu'il lui avait donné pour faire défiler l'historique. Il sourit en découvrant ses projets de voyage. Elle était rentrée en France. Pourquoi la France plutôt que l'Angleterre, c'était un mystère, mais il croyait savoir où elle était. Il y serait avant elle et attendrait son arrivée.

Le lendemain en fin d'après-midi, Belle, très angoissée, descendit d'un taxi devant le restaurant. Comment ferait-elle pour manger les jours suivants ? L'argent de Dante n'était pas encore arrivé sur son compte alors que le voyage lui avait coûté davantage que prévu. Dès qu'elle libéra Charlie de sa caisse de transport, celui-ci, fou de joie, se mit à bondir dans tous les sens avant de se précipiter vers la plage. Qu'est-ce qui pouvait bien l'attirer dans cette direction ? Soudain, elle aperçut une haute silhouette noire plantée au milieu des pins. Le terrier se mit à sauter autour de l'homme en poussant des aboiements pleins de sympathie.

Elle ne connaissait qu'un homme capable de susciter un tel enthousiasme chez Charlie : Dante avait beau ne guère s'intéresser à lui, Charlie, inexplicablement, l'avait toujours adoré. Mais ce ne pouvait pas être Dante ! Le cœur battant, elle descendit vers la plage. L'homme se déplaça vers une zone plus ensoleillée et elle n'en crut pas ses yeux : ces cheveux sombres, ce visage superbe et hâlé… Le souffle coupé, elle sentit sa gorge se serrer tandis qu'il venait vers elle.

— On se croirait revenus deux semaines en arrière, tu ne trouves pas ? dit-il. On ne se connaissait pas encore et on ne savait pas ce qui nous attendait.

— Comment as-tu su que je viendrais ici ?

— J'ai regardé l'historique de tes recherches sur l'ordi. Tu aurais dû l'emporter, mais je suis ravi que tu ne l'aies pas fait, sinon j'aurais perdu du temps à te chercher en Angleterre. Pourquoi es-tu revenue ici ?

— Il fallait que je règle des formalités pour Charlie,

mais je n'avais pas encore l'argent nécessaire pour entamer les démarches, répondit-elle en rougissant.

— Donc, si je veux te garder, il faut que tu restes pauvre ?

— Mais tu ne veux pas vraiment me garder.

— Dans ce cas, que suis-je venu faire ici ?

— Rendre notre séparation plus dure encore.

— Mais je ne veux pas qu'on se sépare, au contraire, je ferai tout mon possible pour te garder, même si je dois me ridiculiser complètement, répondit-il avec la plus grande détermination. Je vais continuer à te demander en mariage, et je ne te cache pas que c'est mon but.

— Je ne comprends pas.

— Tu es toute pâle, dit-il en la dirigeant vers un banc sous les arbres. Assieds-toi et écoute-moi bien.

Il s'accroupit devant elle et lui prit la main.

— Je veux t'épouser parce que je t'aime, dit-il en la fixant droit dans les yeux. C'est un engagement auquel je tiens beaucoup, mais si la bague te fait peur, je me satisferai que tu vives avec moi pour toujours. Tu n'as pas d'autre issue.

Elle le contempla, stupéfaite.

— Tu es amoureux de moi ?

— Sans aucun doute. Je ne sais pas comment c'est arrivé, mais ça a été très vite, dit-il en levant un sourcil plein d'autodérision. Je croyais vivre seul jusqu'à la fin de mes jours et brusquement, tout a changé. Je veux passer tout mon temps avec toi. Tu es entrée dans ma vie et depuis, je n'ai rien de plus précieux que toi.

— P-précieux ? balbutia-t-elle.

— Terriblement, répondit-il en lui prenant la main pour lui baiser le bout des doigts. Mais tu te ronges de nouveau les ongles !

— Oui… Le stress…, murmura-t-elle.

Pouvait-elle le croire ? Était-il possible qu'un homme comme lui soit amoureux d'une femme aussi ordinaire qu'elle ?

— Mais si tu te trompes en te croyant amoureux de moi ?

— Comment me tromperais-je puisque, au départ, je ne voulais pas être amoureux ?

— Peut-être… parce que je suis enceinte ?

— Une fois passée la première surprise, ça n'a fait qu'accroître mon désir, c'est vrai, dit-il, mais j'étais déjà amoureux de toi et je cherchais à m'en empêcher, parce que je ne m'étais jamais autorisé à éprouver un sentiment pareil…

— Mais tu m'as encore dit que je ferais mieux de rentrer en Angleterre !

— Je tentais de juguler mes émotions, mais je n'avais pas envie de te laisser partir pour de bon, répondit-il d'une voix assurée. Avant que tu fasses irruption dans ma vie, j'étais un solitaire, mais tu m'as arraché à moi-même pour me rendre heureux. Avant toi, seul Cristiano en avait été capable. Alors je me battrai jusqu'à mon dernier souffle pour te garder. Nous sommes faits l'un pour l'autre, je le sais, et je ne te laisserai plus partir.

— Oh, Dante, dit-elle dans un souffle, j'ai terriblement souffert de te quitter, mais j'ai cru que ça valait mieux pour nous deux. Si Krystal ne m'avait pas rappelé à quel point tu détestais le mariage et si ma mère ne s'était pas montrée…

— Ta mère ?

— Oui… Tracy… Hier, elle est venue au *palazzo* essayer de me soutirer de l'argent. Je ne sais pas comment elle a découvert que j'étais avec toi…

— Un ami m'a appelé pour me dire qu'un tabloïde anglais avait publié une photo de nous deux.

— Ah bon ? Elle m'a menacée de vendre des histoires à la presse, des mensonges évidemment.

— Elle a essayé de te faire chanter ? Comme avec ton père ! Mais désormais, tu n'auras plus à t'occuper d'elle, c'est moi qui m'en chargerai. Elle peut vendre tous ses mensonges aux journaux, je m'en fiche, mais si elle raconte des histoires à ton sujet, je la traînerai devant un tribunal.

— Que pensera ta famille ?

— Ça m'est bien égal. Ce qui s'est passé chez moi, derrière nos portes closes, pendant mon enfance, est bien pire que tout ce qu'on pourra jamais te reprocher. Ma mère nous a maltraités émotionnellement, mon frère et moi, elle a enchaîné les liaisons durant toute notre jeunesse et dégradé ma vision des femmes. Mes propres aventures ne l'ont pas améliorée, loin de là, car, pour être honnête, je choisissais des maîtresses qui s'intéressaient essentiellement au sexe et à ma fortune. Puis je t'ai rencontrée et, grâce à toi, j'ai découvert qu'il existait une autre sorte de femme, chaleureuse, fiable, aimante et désintéressée.

Les yeux violets de Belle s'emplirent de larmes.

— Quel éloge ! Tu es certain que tu ne me vois pas à travers des lunettes roses ?

— Absolument pas. La preuve, tu t'entiches bien trop des animaux à mon goût, tu te ronges les ongles et tu es terriblement désordonnée.

— Pas du tout ! Et j'ai arrêté de me ronger les ongles ! Mais je suis sûre que tu n'as pas encore remarqué tous mes défauts. Même si je t'aime… horriblement.

— Alors pourquoi t'es-tu enfuie ? Et pourquoi as-tu refusé de m'épouser ?

— Je croyais vraiment que tu ne voulais ni te marier ni avoir d'enfant.

— Je le croyais aussi, jusqu'à ce que je te rencontre, mais c'était surtout pour décevoir mes parents, pour les punir de ce qu'ils nous ont fait, à mon frère et à moi, dit-il. Pourtant, avec toi, c'est tout le contraire, j'ai envie de fonder une famille. Évidemment, je regrette que ça réjouisse ma mère, mais pas au point de sacrifier mon bonheur pour la punir.

— Peut-être, avec le temps, finirez-vous par vous réconcilier ? dit Belle d'une voix incertaine.

— Jamais. Et jamais elle n'approchera notre enfant. Je préfère tenir mes parents à l'écart, répondit-il fermement.

— Quand as-tu décidé que tu voulais m'épouser ?

— À l'instant où je me suis enfin senti chez moi dans ma propre maison, parce que toi aussi, tu t'y trouvais.

Il baissa la tête pour poser sa bouche sur celle de Belle, qui noua les bras autour de son cou. Enfin, elle s'autorisait à croire qu'il l'aimait.

— Tu ne te fais vraiment aucun souci au sujet de Tracy ? insista-t-elle. Tu sais, c'est en grande partie à cause d'elle que je suis partie, pour te protéger d'elle.

Il lui caressa les cheveux d'une main apaisante.

— Non, aucun souci au sujet de Tracy. Je sais comment m'y prendre avec elle et je suis là pour te protéger.

— Pourquoi as-tu tant insisté pour me donner cet argent ? Ça m'a choquée.

— Je ne l'ai pas vu sous cet angle. Je te devais ce salaire et je ne voulais pas que tu te sentes prise au piège au *palazzo* parce que tu étais enceinte et financièrement dépendante de moi. Je tenais à ce que tu aies le choix, parce que toi, tu n'as jamais eu le choix. Mais si j'avais su que tu allais me quitter, je ne t'aurais pas donné le moindre sou.

— Quels sentiments éprouves-tu vraiment à l'égard de notre enfant ?

— Je suis ravi… Mais je t'en supplie, pas de jumeaux avant que j'aie appris les règles pour être un bon père ! Heureusement, je les apprendrai avec toi et au moins, grâce à ce que nous avons vécu, nous savons tous les deux ce qu'il faut à tout prix éviter.

— C'est vrai, dit-elle. Mais où allons-nous passer la nuit ? Je crains que mon camping-car ne soit pas à la hauteur de tes attentes.

— Quelles attentes ? Et de toute façon, j'ai appelé Steve. Ils nous proposent la suite de leur pool house, qui me paraît très suffisante. Hélas, quand il saura qu'on va se marier, il me répétera jusqu'à plus soif qu'il me l'avait bien dit : il a toujours prétendu qu'une femme m'attendait forcément quelque part. À propos, j'allais oublier…

Il fouilla dans la poche de son jean et en sortit une bague qu'il passa sans autre cérémonie au doigt de Belle.

Elle contempla, ébahie, le bijou. Un saphir entouré de diamants qui étincelaient à son annulaire.

— Je te ferai remarquer que je n'ai toujours pas dit oui.

— Tu tiens vraiment à ce que je mette un genou en terre ? demanda-t-il en maugréant.

— Pas du tout, mais je veux que tu me promettes de m'aimer chaque jour, et de mon côté, je te ferai la même promesse, murmura-t-elle avec un grand sourire.

— Très bien. Je t'aime bien plus que je croyais pouvoir jamais aimer, *cara mia*. Je croyais mon cœur glacé pour l'éternité, mais tu as su faire fondre la glace. Et maintenant que nous sommes engagés dans une relation sérieuse, puis-je t'entraîner sous ces arbres et m'abandonner à mes vilains penchants pour célébrer ma victoire ?

— Pas question ! Je ne veux pas à arriver au château couverte de sable et les cheveux en bataille. Je préfère attendre le confort du pool house. En fait, je commence à apprécier le luxe, dit-elle en prenant Charlie dans ses bras.

Ils se dirigèrent vers le camping-car garé devant le restaurant pour prendre la valise de Belle au passage.

— Comme ça, ma future femme apprécie le luxe, dit Dante en la prenant d'un air possessif par les épaules. J'en suis absolument ravi.

Elle se haussa sur la pointe des pieds pour l'embrasser.

— À propos, tu ne crois pas qu'on pourrait aussi emmener les chiens de Cristiano chez nous ?

— Oui. Ça fait déjà une semaine que je m'y suis plus ou moins résigné. Charlie sera heureux d'avoir de la compagnie. Mais attention, il est hors de question qu'ils dorment dans notre chambre, répondit Dante sur le ton le plus ferme.

Belle lui caressa la cuisse en le fixant d'un air très suggestif.

— Bon, si tu emploies les grands moyens, je vais peut-être y réfléchir à nouveau, fit-il d'une voix troublée.

Épilogue

Dante avait à peine franchi la porte d'entrée du *palazzo* qu'il fut littéralement pris d'assaut par une nuée de chiens et d'enfants, sous les yeux de son épouse aimante et parfumée.

— Tu ne nous avais pas dit que tu arriverais aussi tôt ! s'écria Belle, tout excitée de le voir surgir pour déjeuner un 24 décembre.

— J'aime bien te faire des surprises.

— Il ment, dit joyeusement Steve Cranbrook qui se tenait debout sur le seuil du salon. Quand il reste loin de toi trop longtemps, ça le rend nerveux. Après cinq ans de mariage, il n'est toujours pas calmé. Je me demande d'où tu tires une pareille énergie, Dante !

— Je tourne à plein régime, répondit celui-ci en serrant contre lui le corps sensuel de Belle.

Derrière elle, le hall était magnifiquement paré et elle avait décoré le splendide sapin de Noël avec autant de soin que d'enthousiasme.

En cinq ans, Belle avait totalement chamboulé sa vie mais il adorait ça, et les enfants avaient été sa plus grande révélation. Luciano était né le premier, un roux aux yeux sombres, suivi par Cristiano, aux cheveux aussi noirs que ses yeux. Puis la petite Violet, un bébé potelé qui suçait son pouce en s'accrochant à la jambe de Dante pour se tenir debout et qui avait les mêmes yeux et la même chevelure que sa mère. En comparaison de ses frères tellement pleins d'énergie, elle avait l'air si calme qu'elle semblait passer sa vie à dormir. Dante ne s'attendait pas à ressentir autant d'amour pour ses enfants ni à tant s'intéresser au développement de leurs personnalités et à leurs caractères si différents.

Tito et Carina, qui avaient pris de l'âge, se contentèrent pour l'accueillir de se trémousser sur son passage. Ces derniers temps, ils n'étaient plus très vaillants et restaient généralement à se prélasser sur leurs coussins. Même Charlie avait légèrement baissé de régime. Avec sa nouvelle compagne, ils avaient donné naissance à une lignée de chiots dont Belle avait eu bien du mal à se séparer, ce qui avait poussé Dante à déclarer un moratoire sur l'élevage. Ils avaient donc quatre chiens, mais il devait toujours batailler pour en limiter le nombre, car Belle s'occupait d'un refuge d'animaux abandonnés et terriblement attendrissants. Quant au jardin du *palazzo,* il accueillait déjà deux tortues, des lapins et des cochons d'Inde recueillis par les enfants.

Belle et Dante se dirigèrent vers l'escalier.

— Emily et mon père nous rejoindront pour le thé. Ils ont été retenus à Londres, dit-elle en élevant la voix pour couvrir les cris des enfants – ceux de Steve et Sancha et les leurs – qui jouaient à chat au rez-de-chaussée.

— Il faut que je prenne une douche, répondit-il. Mais auparavant…

— Auparavant…, répéta-t-elle en le regardant comme s'il venait de décrocher la lune.

Jamais il ne se lasserait qu'elle le dévore ainsi du regard. Bien sûr, il ne le méritait pas, pas plus qu'il ne méritait l'incroyable bonheur qu'elle avait apporté dans sa vie. Il savait aussi que, s'il la touchait, il ne pourrait plus la lâcher parce que cela faisait quatre jours qu'il était loin d'elle, et qu'il avait déjà eu beaucoup de mal à tenir si longtemps sans sa femme si belle et si terriblement sexy.

Belle respira à pleins poumons l'odeur de son mari – une véritable drogue pour elle.

— Tu sens merveilleusement bon… La douche peut attendre, et tu es tellement sexy, avec cette barbe naissante !

Gagné ! Vaincu sans avoir cherché à résister, il la poussa vers le lit et l'enlaça avec passion pour assouvir le désir qui ne le quittait jamais tout à fait.

— *Dio*... Je t'aime tellement, *cara mia*. Jamais je ne me lasserai de toi.

Un peu plus tard, il bondit du lit, nu et bronzé, pour attraper sa veste dont il tira un écrin.

— Noël avant l'heure, dit-il en y prenant un bracelet de diamants qui étincela comme une rivière de feu sur la peau mate de ses doigts.

Belle, repue, se blottit contre lui en tentant de rassembler l'énergie nécessaire pour retourner à ses invités et superviser les mille tâches qui lui revenaient en tant qu'épouse, mère et hôtesse. Les diamants luirent à son poignet et le visage sombre de Dante s'éclaira, il aimait la voir porter les bijoux qu'il lui offrait.

— J'aimerais pouvoir te ligoter sur ce lit avec une chaîne en diamants, pour ne plus te partager avec personne.

Savourant son bonheur, elle se laissa aller sur leur couche. Au fond, quelle importance d'avoir vécu jadis dans une douloureuse solitude, puisque désormais elle menait une vie de rêve avec Dante ?

Son père et sa femme, Emily, faisaient désormais partie de la famille. Emily était très gentille, et adorable avec les enfants, et Belle se sentait beaucoup plus proche d'elle que de sa mère. Dante avait eu un entretien avec Tracy, durant lequel il l'avait dissuadée d'entreprendre quoi que ce fût qui puisse leur nuire, et ils n'avaient plus entendu parler d'elle. Petit à petit, Belle avait appris à connaître son père et, quand Dante allait en Angleterre pour son travail, elle l'accompagnait souvent pour aller le voir, lui et sa femme, à Londres. De leur côté, Alastair et Emily leur rendaient de fréquentes visites en Italie. Quand Luciano était né, ils étaient même venus à l'hôpital pour partager leur joie lors de la naissance de leur premier enfant. Ils avaient manifesté les mêmes marques d'intérêt vis-à-vis de Cristiano et de Violet, et Belle appréciait sincèrement les efforts qu'ils faisaient pour se comporter en véritables grands-parents.

Steve et Sancha étaient également très proches d'eux, et s'occupaient de leurs enfants quand, de temps en temps, Dante et Belle ressentaient le besoin de se retrouver seuls ; ils partageaient aussi très souvent leurs vacances en famille avec eux. Lors de leur dernier anniversaire de mariage, Dante et Belle avaient passé un week-end splendide à se redécouvrir sur une île grecque. La cabane de Cristiano avait été agrandie et, en été, ils allaient fréquemment y dormir sur le toit, sous les étoiles. Ils passaient ces week-ends de liberté dans la nature à explorer la forêt et à pêcher avec les enfants, qui adoraient ça.

Quant à la mère de Dante, ils la croisaient parfois au hasard d'un événement public et échangeaient quelques mots polis avec elle. Le père de Dante était mort deux ans plus tôt d'un infarctus massif. La princesse Sofia ne manquait jamais d'envoyer un superbe cadeau à son fils à chaque nouvelle naissance, et elle avait même débarqué un jour à l'improviste au *palazzo* pour s'assurer que ses petits-enfants n'ignoraient rien de leurs remarquables ascendants. Mais même si Dante était devenu prince à la mort de son père, il refusait d'user de ce titre. Pour lui, c'était cette prétendue supériorité qui avait gâté ses parents et les avait convaincus d'avoir des enfants qu'ils ne désiraient pas vraiment, pour perpétuer la lignée familiale.

— Encore un merveilleux Noël, dit gaiement Belle à Dante en émergeant de la douche. Toute la famille et les amis réunis à table, heureux et en bonne santé.

— Autrefois, j'étais un loup solitaire, c'est toi qui as rendu ce miracle possible, répondit Dante en la suivant du regard tandis qu'elle parcourait la pièce à demi-nue.

— Toi aussi, répondit-elle tendrement. Pour que notre vie puisse commencer, tu as dû ouvrir ton cœur à l'amour…

— Mon cœur, ce n'est pas moi qui l'ai ouvert. Quand je t'ai rencontrée, tu y as pénétré comme une tornade et ma vie en a été bouleversée.

Elle lui prit la main et déposa un tendre baiser sur sa joue.

— Je t'aime tellement, dit-elle dans un murmure avant de pousser un petit gloussement de plaisir en le dévorant du regard. Tellement…

— Peut-être, mais jamais tu ne pourras m'aimer autant que je t'aime, répondit Dante, le cœur débordant de bonheur.

AZUR

HARLEQUIN

Ne manquez pas dès le mois
prochain dans votre collection

AZUR

le premier tome de la nouvelle série :

Joyaux d'innocence

*Et si une paire de boucles d'oreilles disparue
avait le pouvoir d'unir les cœurs ?*

Un roman inédit chaque mois d'avril à mai 2020

HARLEQUIN
www.harlequin.fr

Retrouvez en avril 2020,
dans votre collection

AZUR

L'enfant d'une folle nuit, de Melanie Milburne - N°4202

ENFANT SECRET

Il aura suffi d'un regard pour qu'Isla perde la tête… Dans les bras de Rafe Angeliri, elle a découvert la passion. Auprès de lui, elle a goûté au luxe. Fort heureusement, elle a fini par reprendre ses esprits, renouer avec elle-même, en mettant fin à cette liaison dévorante. Cinq mois plus tard, hélas, Isla ne parvient toujours pas à oublier son amant. Rafe l'a marquée corps et âme. Et bientôt, un enfant naîtra de leur folle aventure…

Mariée malgré moi, de Kate Hewitt - N°4203

MARIAGE ARRANGÉ

Lorsqu'il m'a épousée il y a trois ans, Matteo Dias attendait de moi que je reste dans l'ombre, invisible. Et c'est ce que j'ai fait. Après la noce, nous ne nous sommes ni embrassés ni revus. Mais je suis lasse de cette solitude et de l'île d'Amanos, où je vis en recluse… C'est la raison pour laquelle j'ose aujourd'hui désobéir à Matteo et paraître devant lui, à ce bal où il ne m'a pas conviée. Il est temps pour moi d'affronter l'homme auquel je suis liée malgré moi. Pour lui demander, enfin, de me libérer d'une union qui n'en a que le nom…

La princesse défendue, de Maisey Yates- N°4204

Sur le point de monter sur le trône, Luca de San Gennaro doit éviter tout scandale. Or, alors qu'il a pour mission de trouver un époux respectable à la princesse Sophia, que son père le roi avait prise sous sa protection, voilà qu'il cède à la tentation et la fait sienne… avant de s'enfuir avec elle ! Tandis que leur folle escapade fait la une de la presse à sensation, Luca et Sophia découvrent qu'un enfant naîtra bientôt de leur liaison interdite…

Baisers de Sicile, de Carol Marinelli - N°4205

Aurora est émue de revoir Nico Caruso. Promis l'un à l'autre durant leur enfance sicilienne, ils ont partagé leurs joies et leurs peines. Jusqu'à cette nuit inoubliable, où Aurora s'est offerte à lui… Hélas, au lieu de les rapprocher, ce moment d'intimité et de bonheur les a séparés. Nico a quitté le village, et Aurora a tâché de l'oublier – en vain. Parviendra-t-elle aujourd'hui à travailler à son côté, maintenant que son amour de jeunesse est devenu son patron ?

HARLEQUIN AZUR

La proposition de Rafael, de Cathy Williams - N°4206

Arrivé en Argentine, Rafael n'a qu'un seul objectif : retrouver Sofia Suarez, l'héritière de la société qu'il était sur le point de reprendre. S'il la soupçonne d'être une croqueuse de diamants, il a une proposition à lui faire : l'épouser ! Mais, dès leur rencontre, l'idée d'un mariage de pure convenance lui paraît soudain bien dangereuse. Saura-t-il rester maître de la situation, face à la beauté insolente de Sofia ?

L'héritier d'un Grec, de Jennie Lucas - N°4207

Un héritier. Quand Stavros Minos découvre que Holly, sa collaboratrice dévouée, a eu un enfant de lui, il tombe des nues. Certes, il ne peut lui en vouloir de lui avoir caché sa grossesse, après qu'il l'a rejetée au matin de leur unique nuit d'amour. Mais il est désormais résolu à tenir son rôle de père. Et pour cela, il doit d'abord convaincre Holly d'oublier ses griefs envers lui et de l'épouser !

Scandale à Montegova, de Maya Blake - N°4208

Remirez Montegova, prince héritier du royaume de Montegova, connaît le sens du devoir. Depuis toujours, il appartient à son peuple – et à l'Histoire. Aussi est-il résolu à étouffer le scandale que représente Maddie Myers, la dernière conquête de son sulfureux demi-frère. Or, pour empêcher la jeune femme de nuire à la famille royale, il ne voit qu'une solution : faire d'elle son épouse légitime, et la reine de Montegova !

Une précieuse alliance, de Dani Collins - N°4209

SÉRIE : *JOYAUX D'INNOCENCE* - 1/2

Cela fait des années que Gisella recherche une précieuse boucle d'oreille ayant appartenu à sa grand-mère. Alors, le jour où elle apprend le nom de son propriétaire, elle se précipite chez Kaine Michaels pour lui faire une offre. Hélas, loin de lui céder le bijou, l'arrogant milliardaire lui pose un ultimatum. Si Gisella veut le convaincre de se montrer coopératif, elle doit d'abord redorer son image d'homme d'affaires corrompu, en jouant le rôle de sa fiancée dévouée…

Danse avec un milliardaire, de Michelle Smart - N°4210

SÉRIE : *PASSION ET PRIVILÈGES* - 2/2

Un conte de fées. Voilà ce que vit Tabitha au cours d'une nuit magique. Durant quelques heures, elle n'est plus la femme de chambre d'un hôtel luxueux, mais la cavalière d'un sublime milliardaire. Alors qu'elle tournoie dans la salle de bal, Tabitha oublie tout et rêve d'être la princesse que tout le monde imagine. Mais à l'aube, alors qu'elle se réveille dans le lit de Giannis Basinas, la réalité reprend ses droits. Et Tabitha s'enfuit sans un au revoir. Sans savoir qu'elle est désormais liée à cet homme pour la vie…

Une rivale pour alliée, de Tara Pammi - N°4211

Tous le craignent, et pour cause : Massimo Brunetti est un homme d'affaires impitoyable. Alors qu'il traque celui qui a osé attaquer sa compagnie, quelle n'est pas sa surprise de découvrir qu'il s'agit d'une femme – splendide, de surcroît ! Plutôt que de détruire sa rivale comme il l'imagine tout d'abord, Massimo décide de faire travailler Natalie Crosetto pour lui… afin de mieux la surveiller !

À la merci du séducteur, de Caitlin Crews - N°4212

Zara a la sensation d'avoir été vendue, trahie. Puisque sa sœur aînée, si belle, si élégante, la fierté de la famille, a refusé de se rendre au mariage arrangé par leur père, c'est elle qui a été livrée en pâture à Chase Whitaker. Un séducteur superficiel, qui ne lui cache pas sa colère d'avoir dû épouser la cadette des sœurs Elliott. Zara sait qu'elle ne devrait pas s'en formaliser : après tout, ce n'est qu'une union de façade, et Chase n'envisage sans doute même pas qu'ils partagent leur vie… Pourtant, elle ne peut s'empêcher de contempler avec fascination la haute silhouette et les yeux bleus ardents de celui qui est devenu son époux…

OFFRE DE BIENVENUE !

Vous êtes fan de la collection Azur ?
Pour prolonger le plaisir, recevez gratuitement

◆ 2 livres Azur gratuits ◆
et 2 cadeaux surprises !

Une fois votre colis de bienvenue reçu, si vous souhaitez continuer à recevoir nos romans Azur, cela se fera automatiquement. Vous recevrez alors chaque mois 6 romans inédits de cette collection au tarif unitaire de 4,50€ (Frais de port France : 1,79€).

➡ LES BONNES RAISONS DE S'ABONNER :

Aucun engagement de durée ni de minimum d'achat.
◆
Aucune adhésion à un club.
◆
Vos romans en avant-première.
◆
La livraison à domicile.

➡ ET AUSSI DES AVANTAGES EXCLUSIFS :

Des cadeaux tout au long de l'année.
◆
Des réductions sur vos romans par le biais de nombreuses promotions.
◆
Des romans exclusivement réédités notamment des sagas à succès.
◆
L'abonnement systématique et gratuit à notre magazine d'actu ROMANCE.
◆
Des points fidélité échangeables contre des livres ou des cadeaux.

➡ REJOIGNEZ-NOUS VITE EN COMPLÉTANT ET EN NOUS RENVOYANT LE BULLETIN !

Z0ZEA6

N° d'abonnée (si vous en avez un) ☐☐☐☐☐☐☐☐

Mme ❒ Mlle ❒ Nom : .... Prénom : ....

Adresse : ....

CP : ☐☐☐☐☐ Ville : ....

Pays : .... Téléphone : ☐☐☐☐☐☐☐☐☐☐

E-mail : ....

Date de naissance : ☐☐ ☐☐ ☐☐☐☐

☐ Oui, je souhaite être tenue informée par e-mail de l'actualité d'Harlequin.

☐ Oui, je souhaite bénéficier par e-mail des offres promotionnelles des partenaires d'Harlequin.

Renvoyez cette page à : Service Lectrices Harlequin – CS 20008 – 59718 Lille Cedex 9 - France

Date limite : **31 décembre 2020**. Vous recevrez votre colis environ 20 jours après réception de ce bon. Offre soumise à acceptation et réservée aux personnes majeures, résidant en France métropolitaine. Prix susceptibles de modification en cours d'année. Vous pouvez demander à accéder à vos données personnelles, à les rectifier ou à les effacer. Il vous suffit de nous écrire en nous indiquant vos nom, prénom et adresse à : Service Lectrices Harlequin - CS 20008 - 59718 LILLE Cedex 9. Harlequin® est une marque déposée du groupe HarperCollins France – 83/85, Bd Vincent Auriol – 75646 Paris cedex 13. Tél : 01 45 82 47 47. SA au capital de 3 120 000€ - R.C. Paris. Siret 31867159100069/APE5811Z.

Rendez-vous sur notre site www.harlequin.fr

- **Découvrez** toutes nos actualités, exclusivités, promotions, parutions à venir...
- **Partagez** vos avis sur vos dernières lectures...
- **Lisez** gratuitement en ligne
- **Retrouvez** vos abonnements, **vos romans dédicacés**, vos livres et vos ebooks en précommande...

L'application Harlequin

Téléchargez notre application gratuitement et profitez de plein d'avantages !

- 5 ebooks gratuits inclus dans l'application
- 50 nouveautés tous les mois et + de 7 000 ebooks en téléchargement
- Des petits prix toute l'année !
- Une facilité de lecture en un clic hors connexion
- Et encore plein d'autres avantages...

Télécharger dans l'App Store

DISPONIBLE SUR Google Play

Notre application offre un large choix de littérature sentimentale ! Sélectionnez votre style parmi toutes les idées de lectures proposées par Harlequin... A chacune son ebook !

Suivez-nous !

facebook.com/HarlequinFrance
twitter.com/harlequinfrance

OFFRE DÉCOUVERTE !

Vous souhaitez découvrir nos collections ? Recevez **votre 1er colis gratuit*** **avec 2 cadeaux surprises !** Une fois votre colis de bienvenue reçu, si vous souhaitez continuer à recevoir nos livres, cela se fera automatiquement. Vous recevrez alors vos livres inédits** en avant-première.

Vous n'avez aucune obligation d'achat et cette offre est sans engagement de durée !

*1 livre offert + 2 cadeaux / 2 livres offerts pour la collection Azur + 2 cadeaux. La collection Gentlemen démarre avec le 1er colis payant.
**Les livres Ispahan, Sagas, Best-Sellers Féminins et Gentlemen sont des réédités.

☛ COCHEZ la collection choisie et renvoyez cette page au
Service Lectrices Harlequin – CS 20008 – 59718 Lille Cedex 9 – France

Collections	Références	Prix colis*
❑ **AZUR**	Z0ZFA6	6 livres par mois 28,79€
❑ **BLANCHE**	B0ZFA3	3 livres par mois 23,65€
❑ **LES HISTORIQUES**	H0ZFA2	2 livres par mois 16,59€
❑ **ISPAHAN**	Y0ZFA3	3 livres tous les 2 mois 23,35€
❑ **PASSIONS**	R0ZFA3	3 livres par mois 25,09€
❑ **SAGAS**	N0ZFA3	3 livres tous les 2 mois 27,66€
❑ **BLACK ROSE**	I0ZFA3	3 livres par mois 25,09€
❑ **VICTORIA**	V0ZFA3	3 livres tous les 2 mois 25,69€
❑ **GENTLEMEN**	G0ZFA2	2 livres tous les 2 mois 17,35€
❑ **MAGNETIC**	K0ZFA3	3 livres tous les 2 mois 23,07€
❑ **BEST-SELLERS FÉMININS**	E0ZFA2	2 livres tous les 2 mois 18,75€

N° d'abonnée Harlequin (si vous en avez un) ⊔⊔⊔⊔⊔⊔⊔⊔

Mme ❑ Mlle ❑ Nom : ____________________

Prénom : ____________________ Adresse : ____________________

____

Code Postal : ⊔⊔⊔⊔⊔ Ville : ____________________

Pays : ____________________ Tél. : ⊔⊔⊔⊔⊔⊔⊔⊔⊔⊔

E-mail : ____________________

Date de naissance : ____________________

❑ Oui, je souhaite recevoir par e-mail les offres promotionnelles des éditions Harlequin.
❑ Oui, je souhaite recevoir par e-mail les offres promotionnelles des partenaires des éditions Harlequin.

Date limite : 31 décembre 2020. Vous recevrez votre colis environ 20 jours après réception de ce bon. Offre soumise à acceptation et réservée aux personnes majeures, résidant en France métropolitaine, dans la limite des stocks disponibles. Prix susceptibles de modification en cours d'année. Vous pouvez demander à accéder à vos données personnelles, à les rectifier ou à les effacer. Il vous suffit de nous écrire en nous indiquant vos nom, prénom et adresse à : Service Lectrices Harlequin CS 20008 59718 LILLE Cedex 9. Service Lectrices disponible du lundi au vendredi de 8h à 18h : 01 45 82 47 47.

Harlequin® est une marque déposée du groupe HarperCollins France – 83/85, Bd Vincent Auriol – 75646 Paris cedex 13. SA au capital de 3 120 000€ – R.C. Paris. Siret 31867159100069/APE5811Z.

Composé et édité par HarperCollins France.

Achevé d'imprimer en février 2020.

BLACK PRINT

Barcelone

Dépôt légal : mars 2020.

MIXTE
Papier issu de sources responsables
FSC® C108412

www.fsc.org

Pour limiter l'empreinte environnementale de ses livres, HarperCollins France s'engage à n'utiliser que du papier fabriqué à partir de bois provenant de forêts gérées durablement et de manière responsable.

Imprimé en Espagne.